Un sandwich de siete pisos 85

(87)

escogí una al azar (87)

Ahora todo encaja (90)

se nos juntó Robert (93)

¡Bah, eso lo dijo por decir!

No debía conocer bien a la profesora; en cuanto entró en clase y se sentó (93)

abrió el dominical por la mitad (94)

ALFAGUARA

ALFAGUARA INFANTIL

www.librosalfaguarainfantil.com

ALFAGUARA

www.librosalfaguarainfantil.com

Torrelaguna, 60. 28043 Madrid
Teléfono: 91 744 90 60

Ediciones Santillana, S.A.
Leandro N. Alem 720
C1001AAP - Ciudad de Buenos Aires
Argentina

Editorial Santillana, S. A. de C.V.
Avda. Universidad, 767. Col. Del Valle,
México D.F. C.P. 03100

Distribuidora y Editora Aguilar, Altea, Taurus, Alfaguara, S. A.
Calle 80, nº 9-69. Bogotá. Colombia

ISBN: 978-84-204-7471-7
Depósito legal: M-8.040-2011
Printed in Spain - Impreso en España por
Huertas, S. A, Fuenlabrada (Madrid)

Tercera edición: febrero 2011

Diseño de la colección: Manuel Estrada

Maquetación: Javier Barbados

El juego del universo

José María Plaza

Ilustraciones de María Espejo

ALFAGUARA

A Ana Plaza, la primera y mejor lectora de mis originales, cuyas sugerencias suelo tener simpre en cuenta...

Un brillo en la oscuridad

No sé por qué se le ocurrió decirlo. No sé por qué.

Estábamos dentro de la tienda de campaña, intentando dormirnos de nuevo, cuando David asomó la cabeza por el saco y soltó:

—¿Os imagináis que hubiese extraterrestres por aquí?

—¿Qué? —suspiré sin mostrar interés, casi como diciéndole «¡cállate!».

No era el mejor momento para hacernos tales preguntas.

Tampoco, el lugar.

Habíamos acampado a la entrada de un bosque, que estaba a mitad de una montaña, y el viento soplaba como si fuese lo único que existía.

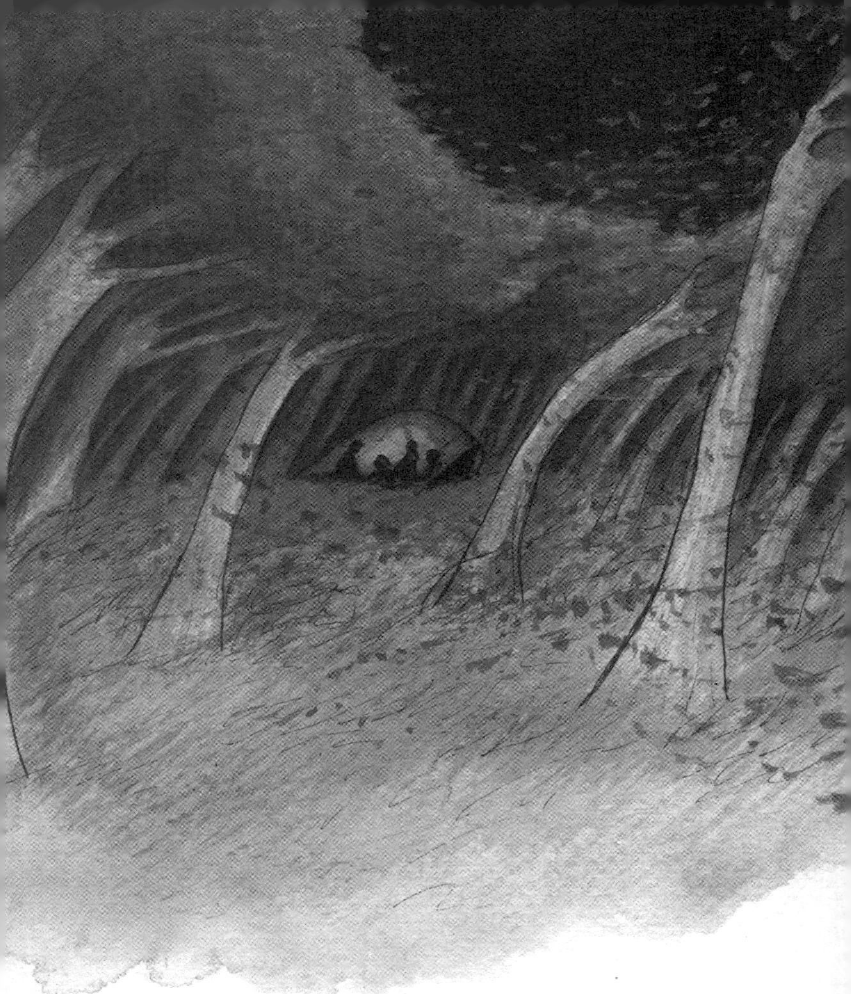

Por suerte, la tienda aguantaba heroicamente. Belén se había empleado a fondo y la había dejado bien sujeta al suelo. Ahora quería descansar, así que le cortó:

—¿Por qué no te callas?

—¡Extraterrestres! ¡Qué emocionante! —añadió Cris, que es muy lista, pero tiene demasiada imaginación. Se notaba que no podía dormir—. Podríamos hablar con ellos para que nos contaran cómo es su mundo.

—¿Qué? —pregunté—. ¿Qué mundo?

—Pues el suyo. Los extraterrestres tienen que venir de alguna parte. Seguramente de una civilización más desarrollada que la nuestra —se quedó pensativa y continuó con sus dudas—. ¿Por qué querrán venir?

—Para conquistar la Tierra —dijo David tranquilamente y se puso a hablar de su tema favorito—. Tengo un videojuego en el que unos marcianos nos invaden y hay que atacarlos con lo que tienes a mano. ¿No te acuerdas, Álvaro?

No estaba yo para acordarme. Tenía sueño y ganas de dormir. Habíamos acampado cuando ya anochecía y no pudimos echar un vistazo por los alrededores. Fue por culpa del hermano mayor de David.

El viento seguía oyéndose. También la voz de mi amigo, que no es de los que se rinden tan fácilmente e insistía:

—Álvaro, Álvaro... ¿no te acuerdas que jugamos un día y te gané? ¡Álvaro! ¡Ál...!

No oí nada más porque se me cerraron los ojos.

Cuando los abrí seguía siendo de noche. Encendí la linterna y vi cómo los demás estaban profundamente dormidos. Los miré con envidia. Consulté el reloj. Aún quedaban dos horas para el amanecer. Me acosté otra vez, pero de pronto noté algo.

—¡No puede ser! —me dije a mí mismo, y traté de escuchar con atención. Pero nada. No se oía nada. Absolutamente nada.

Eso era lo sospechoso.

Antes, el viento soplaba como si estuviésemos en lo alto de un faro, y ahora el sonido había desaparecido totalmente.

No me pareció normal. ¿Qué estaba pasando? Nada más preguntármelo se me revolvieron las tripas y empecé a sentirme fatal. Tenía que salir urgentemente. El cuerpo me lo pedía.

13

—¡David! ¡David!

Como no se movía, lo zarandeé y le tiré de las orejas para que reaccionara.

—¡Eh! ¡Qué pasa! —dijo sonámbulo, y al mirar alrededor, suspiró desencantado—. ¡Vaya, ahora que estaba soñando que viajábamos a la Luna!

—Necesito que me acompañes —le dije—. Tengo que… —y me toqué la tripa.

Lo entendió al instante.

—¿Estás loco? —dijo con cara de asco—. ¿Qué quieres? ¿Que me quede sin olfato? ¡Vete bien lejos, eh!

—Vale, pero sal conmigo. Es que… —no quería decirle que no me atrevía a ir solo.

—Está bien, pero yo me quedo al lado de la tienda, y desde aquí te ilumino.

En el exterior no había tanta oscuridad como me había imaginado. La Luna lejana iluminaba el paisaje y se podía caminar, poco a poco, sin necesidad de usar la linterna. Era una noche con demasiada calma. No se movía ni una hoja. No quedaba ni rastro de aquel viento. Era como si lo hubiésemos soñado.

Por un momento me estremecí: ¿Y si aquel ruido no hubiera sido del viento?, me dije. Por las noches suceden cosas muy raras.

Pero no tuve ocasión de hacerme más preguntas.

—¡Venga! ¡Vete ya, que yo no voy a estar aquí todo el día esperándote! —dijo David, al verme parado—. ¡Y vete más lejos, eh, por lo menos hasta los árboles del fondo!

Anduve unos cuantos pasos más y me quedé al lado de un riachuelo.

Desde allí se veía la sombra de la tienda de campaña y a David, jugando con su linterna.

Era tan grande el silencio de alrededor que parecía que el mundo se hubiera detenido.

Me agaché, cerré los ojos para concentrarme mejor en mi tarea y enseguida me sentí casi feliz.

—¡Qué absurdo haber pensado todo eso! —me dije tranquilamente.

Y en aquella oscuridad clara y en aquel silencio profundo sentí, de pronto, que había alguien a mis espaldas.

Alguien estaba observándome.

Giré rápidamente la cabeza, al tiempo que me puse en pie y eché a correr hacia la tienda de campaña. En un instante percibí un brillo que se apagó: el ser desapareció como si se hubiese sentido descubierto.

—¡Alguien está ahí! ¡Hay alguien! —dije a David en cuanto lo alcancé.

—¿Qué dices? —y al verme tan fuera de mí, añadió—: ¿Estás loco?

—Hay alguien, estoy seguro. Alguien nos está espiando.

Búhos, estrellas y dudas

Los amigos a veces sorprenden. David, que no es el más valiente del mundo, enfocó con la linterna hacia el lugar de donde yo venía, y como la luz no alcanzaba hasta el arroyo, avanzó unos pasos.

Le seguí. No me quería quedar solo junto a la tienda de campaña.

—¡Ya ves, nada! ¡Te lo has imaginado! Por aquí no hay nada. Esto está bien muerto.

—¡Sí! —afirmé poco convencido. David siempre dice lo primero que se le pasa por la cabeza, y ni siquiera se da cuenta. En cambio, yo doy vueltas a las cosas, y no me gustó nada que dijera lo de «está bien muerto».

Aún estábamos cerca del arroyo cuando oímos:

—¡Eh, chicos! ¿Qué hacéis tan pronto levantados? —Belén acababa de salir de la tienda de campaña; le gusta despertarse pronto y correr antes de desayunar, pero esta vez se había adelantado. Aún era de noche. Avanzó hacia nosotros, y al ver nuestra cara, preguntó—: ¿Qué os pasa?

—¡Nada!

—¡Es que Álvaro ha visto un fantasma! —se rió David.

—¡Que no, que no...! Lo que pasa es que... —traté de explicarle la situación desde el momento en que me sentí con las tripas revueltas, pero no era fácil. David se me adelantó y le contó la historia.

—¿Así que viste algo brillante detrás de ti? –preguntó ella, y luego trató de razonarlo—. Bah, no te preocupes. Serían los ojos de algún animal. En la oscuridad suelen brillar.

—¿Animal? —repetí, y me acordé del aullido de aquel viento que ya había desaparecido—. ¿No sería... un lobo?

David y yo dimos unos pasos hacia la tienda. Sabíamos que en España aún quedaban lobos, y no precisamente en el zoo. Lo habíamos estudiado.

—¡Oh, no! —dijo Belén, que era experta en naturaleza—. Podría ser un jabalí —se dio cuenta de que todavía nos asustábamos más, se rió y continuó—: ¡Que no, chicos! Lo más probable es que se tratara de algún búho. Esos bichos tienen los ojos grandes y siempre muy abiertos.

—¿Cómo son los búhos? —preguntó David, que estaba acostumbrado a tratar en sus videojuegos con los bichos más extraños del universo, pero nunca había tenido aventuras con búhos.

—Pues —Belén dudó un momento y sacó de su bolsillo un llavero—, como éste, pero mucho más grande, claro.

Los tres nos pusimos a mirar a nuestro alrededor en busca de búhos, y sin pensarlo alzamos los ojos al cielo, casi al mismo tiempo.

—¡Cuántas estrellas! —suspiré. La noche parecía otra desde donde estábamos.

—¡Es cierto! ¡Nunca había visto tantas! —señaló David, asombrado—. ¿Qué ha pasado hoy?

—Que estás en el campo —le respondió Belén.

—Eso ya lo sé. ¿O te crees que soy idiota? Las estrellas están para darnos luz cuando salimos de la ciudad, aunque son tan enanas que…

—¿Seguro? —le dije.

—¿Para qué van a estar?

Era una buena pregunta. ¿Para qué están las estrellas en el cielo?

—Para nada —aclaró Belén—. Están ahí. Siempre están ahí.

—¿Qué quiere decir «siempre»?

—A todas horas.

—¿A todas horas?

—¿Por qué repites lo que te digo? Sí, a todas horas. Por la noche y por el día, lo que pasa es que de día no se las ve porque hay mucha luz.

David, que pensaba por su cuenta, dijo:

—¡Qué manera más tonta de desperdiciar la energía! ¿Para qué queremos las estrellas cuando hay sol? No se las ve —y luego, añadió—: ¡Esas estrellas no piensan!

Era la primera vez que mirábamos al cielo de esa manera. Tan atentos. Tan despacio. Tanto tiempo. Era la primera vez que nos fijábamos de verdad en el cielo y todo había sido por la profesora de Naturales.

—¡Así que ahí arriba hay un montón de estrellas y de planetas y de...! —interrumpió David mis pensamientos—, ¿qué más cosas hay en el cielo?

—Pues... —traté de recordar, y enumeré sin saber muy bien en qué se diferenciaban—: constelaciones, galaxias, cometas, hmmm...

—¡Extraterrestres! —me interrumpió Belén, sonriendo.

—¿A que sí? —recalcó David, animado.

—No, no lo creo —dije yo, era un tema del que ya habíamos hablado—. ¿Cómo va a haber seres como nosotros ahí arriba? ¡Es absurdo!

—No son como nosotros —aseguró David, y se rió—. Son verdes y con antenas... —lo pensó mejor, y añadió—: O unos bichos rarísimos, ¿no te acuerdas de «Hombres de Negro»?

—¡Bah, eso era una película!

—¿Por qué no se lo preguntamos el lunes a la profesora? —dijo Belén.

—¡Por ella estamos aquí! —recordé.

—Por ella y por mi hermano, no lo olvidéis.

—Sí, ya sabemos que si no hubiese venido tu hermano mayor, nuestros padres jamás nos habrían dejado acampar en la montaña —dijo Belén—. Como mucho, en el jardín.

—¡Nuestra primera noche solos y fuera de casa! —suspiré victorioso—. ¡Ya veréis cuando lo contemos en clase!

—¿Qué hay que contar en clase?

Era Cris, que acababa de salir de la tienda de campaña con los pelos revueltos. Avanzó hacia nosotros y miró el reloj.

—¡Qué temprano que amanece en el campo!

—¿Qué hacemos ahora?

—Pues… ¡desayunar! —dijo David; luego lo pensó mejor, y preguntó—: ¿Cómo se desayuna aquí?

—Es cierto, tu hermano fue el que preparó la comida y se la ha llevado TODA en su mochila. Llámale.

—Dile que venga pronto, que estamos hambrientos.

David se alejó del grupo con el móvil. Al cabo de unos instantes regresó con cara de preocupación.

—¿No hay cobertura? —preguntó Belén.

—Sí, pero mi hermano no contesta. Ha apagado el teléfono. Voy a buscarle.

Y corrió hacia el fondo. Tras el recodo de la montaña debía estar la tienda de los mayores, así nos lo dijeron la noche anterior. David volvió más agitado que nunca, con la lengua fuera y el ánimo bajo.

—¿No los has encontrado? —preguntó Cris, extrañada.

—No —dijo un David desfallecido—. Estamos solos.

—¡Solos en el universo! —suspiré y así me sentí de repente.

—¿Y si no estuviéramos tan solos? —Belén se quedó pensativa, con los ojos en el infinito.

—¿Qué quieres decir? —me puse a mirar alrededor, inquieto.

Ya no eran búhos lo que me temía encontrar por allí.

¿Qué hay en el cielo?

Todo comenzó la semana anterior. La profesora de Naturales entró muy contenta en clase. En vez de andar parecía volar. Era como si se hubiese dado cuenta de que existían sus alumnos. Se le notaba con ganas de hablar y de hacer cosas diferentes de las que hace un profesor. Parecía otra. Demasiado fantástico. Aquello nos asustó.

—¿Qué le habrá pasado? —nos preguntamos.

—Le ha tocado la lotería —dijo uno.

—¡Eso es que ha encontrado novio! —comentó una chica.

—¡Huy! –sonrió su compañera.

No era ni lo uno ni lo otro.

26

Nos enteramos al día siguiente por Emma. Su madre va a la misma clase de yoga que nuestra profesora, y habían preparado un retiro en una casona de la Sierra para encontrarse a sí mismos estando en contacto con la naturaleza.

—¿Eso cómo se hace?

—No lo sé —dijo Emma—. Es lo que le decía mi madre a mi tía por teléfono. Creo que van a ir varios fines de semana porque le oí comentar que ella también quería probar esa experiencia y le pidió que viniese a cuidarme, ¡cómo si no supiera estar sola! Decía que este retiro era muy importante para ella.

—¿Por qué?

—No lo entendí muy bien. Habló de algo así como «crecimiento personal».

—¿Tan pequeña es tu madre? —le interrumpió David.

—No, idiota, eso tiene que ver con… con…

—… con pensar y respirar —le ayudó Cris, que lee mucho—, y contemplar la naturaleza y moverse a cámara lenta y…

—O sea, que nuestra profesora está... —David lo tenía claro.

—¡Yo la veo ahora mejor! —dije.

Ahora sus clases habían cambiado. Bueno, sólo habíamos tenido dos.

El tercer día nos sorprendió con esta pregunta:

—A ver, chicos, quiero que penséis detenidamente y me digáis ¿cuándo fue la última vez que mirasteis al cielo?

—Esta mañana, a ver si llovía. Mi madre me ha dicho que me pusiera el impermeable...

—El domingo, que pasó un helicóptero de la policía por encima de mi casa...

—Anoche, porque un vecino...

—No, eso no sirve —interrumpió la profesora nuestras espontáneas respuestas—. O no me habéis entendido o me he explicado mal. Quiero saber cuándo es la última vez que habéis estado observando atentamente el cielo.

—¿Hay que hacer eso?

—¿Para qué?

—Nunca nos han mandado un trabajo de este tipo, ¿verdad?

Entonces la profesora se dio cuenta de que no estábamos acostumbrados a mirar más allá de nuestras narices; así que cambió de táctica y empezó a preguntar:

—¿Qué es lo que hay en el cielo?

—Nubes.

—El Sol.

—Estrellas —dije yo, mirando fijamente al frente, y todos empezaron a reírse, pues nuestra profesora se llama Estrella.

Luego hubo un silencio largo. Se nos habían acabado las ideas.

—¿Y qué más?

Nadie había visto nada más en el cielo. O eso parecía. Pero Pedro añadió:

—Ve… Venus, el planeta rojo, y los astros, y la Vía Láctea, y el carro de fuego, y una constelación que se llama Orión, Andrómeda, el Escorpión y la estrella que siempre está en el Polo Norte y…

—¡Vaya, vaya, Pedro! ¡Se nota que has estado en el planetario!

—Me llevó mi tío, ¿cómo lo sabe?

—No es difícil adivinarlo —sonrió y siguió preguntando—: Y todo eso que me habéis dicho, ¿qué es?

Parecía una pregunta con trampa. David no se dio cuenta, porque al instante respondió:

—Pues, el cielo.

—No, bobo, el universo —dijo Cris.

—¡El cosmos! —soltó Javier—. ¿A que sí? Un día vi una película de unos astronautas…

—¡El espacio!

La profesora escuchaba sin decir nada. Nos miraba y sonreía. Por su expresión se notaba que nos veía un poco despistados, pero de pronto se le debió ocurrir una gran idea, o eso es lo que parecía por el tamaño de su sonrisa.

—¡Ya sé lo que vamos a hacer! —anunció.

—¿Irnos de excursión? —propuso David, y todos le apoyamos. Cualquier cosa que sustituya a una clase siempre es bien recibida.

—Hmmmm… Algo hay de ello —y ante nuestra intriga, empezó a hablar—: Quiero que observéis atentamente el cielo, pero no lo hagáis nunca de día, que el sol os puede dañar la vista. Hacedlo por la noche y fuera de la ciudad, que es donde realmente se ven las estrellas. ¡Las noches estrelladas! —suspiró, y luego añadió—: Decid a vuestros padres que os lleven al campo.

—¿A una casa en la Sierra? —preguntó David, y Emma le miró como si quisiera meterle la cabeza en la taza del váter.

—Id a la Sierra o a donde podáis —dijo la profesora sin darse por aludida—. Pero esto no es todo, claro. Vais a hacerme un trabajo.

—¿Queeeeeeé?

Aquella propuesta ya empezaba a tener inconvenientes.

Entonces nos lo explicó. Había que hacer un trabajo en grupo, que puntuaba la mitad de la nota del trimestre.

Mi primer impulso fue juntarme con los mejores de la clase, y miré a Pedro y a Sara y a… No pude seguir, porque David, que está sentado detrás de mí, me tocó la espalda y me dijo:

—¡Nosotros, eh! —señalando también a Belén.

No tuve más remedio que decirle que sí. Al final de clase, cuando se estaban cerrando los grupos, apuntamos a Cris, que es una chica muy lista que se ha leído todos los libros. Mis amigos la conocen poco.

Eso había ocurrido la semana anterior.

Ahora estábamos los cuatro, como un verdadero grupo, en mitad de ninguna parte, muertos de hambre, mirando por todos lados, llamando a un móvil que no contestaba, sin huella alguna del hermano de David y sus amigos. Sin saber si había desaparecido o simplemente se había dormido. Acordándonos del viento de la noche y de los ojos del búho.

—No lo entiendo —protestaba David—. Nos dijeron que acampaban ahí detrás, al lado de nosotros y… ¡nada!

—¡Se habrán ido un poco más lejos! —trató de tranquilizarle Cris.

—¿Y si se han marchado?

Un pequeño círculo negro

El hermano de David seguía sin dar señales de vida. Podíamos entender que se le estropease el móvil, pero no que se hubiera olvidado de nosotros. Sus padres habían sido muy claros con él.

—No te separes de tu hermano y de sus amigos ni un instante. Recuerda que aún son pequeños para estar solos.

Habíamos llegado allí en dos coches: David y yo en el de su hermano, que viajaba con su novia, y las chicas en el coche de la otra pareja. No hablamos mucho. Yo creo que el hermano aceptó llevarnos porque era la única manera de que le dejasen salir de la ciudad. David les dijo a sus padres que teníamos que pasar una noche en el campo para hacer un estudio sobre las estrellas, les contó que era un trabajo de clase y que puntuaba la mitad de la nota; así que sus padres se acordaron de la excursión de su hijo mayor, quien no tuvo más remedio que cargar con nosotros.

Dejamos el coche al pie de la montaña. El hermano de David y sus amigos comenzaron a andar a toda velocidad sin esperarnos. En cuanto alcanzamos una explanada muy amplia, nos dijo:

—Vosotros acampad aquí, y no os mováis. Nosotros acamparemos un poco más allá y mañana por lo mañana vendremos a buscaros —señaló un lugar a la entrada de un bosque de pinos, al lado de un riachuelo. No pudimos ver lo que había más allá porque estaba oscureciendo.

David iba a quejarse, pero le tapé la boca mientras le decía:

—Déjalos. ¡Mejor para nosotros! Así no tenemos que aguantarlos. Estaremos solos. ¡Imagínate!

Parecía muy apasionante: ¡los cuatro amigos en una tienda de campaña en mitad de lo desconocido!

Era la primera vez que nos pasaba.

La realidad fue muy decepcionante. Tuvimos que montar la tienda a toda velocidad antes de que oscureciera, y nos repartimos tres manzanas entre los cuatro. No teníamos más en nuestras mochilas.

Ni siquiera pudimos encender un fuego para sentarnos alrededor de él, como en los campamentos, porque estábamos sin cerillas. David probó con dos piedras, como los hombres de las cavernas, pero lo único que consiguió fue pillarse un dedo.

Ante ese panorama poco podíamos hacer.

La noche no resultaba muy tranquilizadora y en aquellos momentos se nos quitaron las ganas de todo, incluso de mirar las estrellas. Además, estaba demasiado nublado para contemplar el fondo del cielo. Pero no pasaba nada: lo que más nos gustaba es que estábamos solos, sin padres, sin profesores, sin hermanos mayores…

Nos metimos directamente en el saco, y enseguida cerré los ojos, mientras oía el tiquitiqui de la PSP de David, que se había traído algunos videojuegos como hace siempre.

Al cabo de unos instantes me dormí.

No sé por cuánto tiempo.

Cuando volví a abrir los ojos creí estar en mi habitación, pero al saltar de la cama no podía moverme. Parecía una pesadilla. El viento se oía como si hubiese un huracán extraño. Y mis amigos, uno a uno, fueron abriendo los ojos también.

Nos había despertado aquel gigantesco viento y todos nos miramos muy preocupados por si se llevaba la tienda y a todos nosotros, como si fuese un globo.

—¿Qué podemos hacer?

Al comprobar que la tienda aguantaba perfectamente, nos quedamos más tranquilos pensando en la aventura tan emocionante que íbamos a contar en el colegio. Fue entonces cuando a David se le ocurrió decir lo de los extraterrestres…

Dos horas después de que hubiese salido el Sol, seguíamos sin saber dónde estábamos ni qué era lo que había a nuestro alrededor.

—¿Y si bajamos hacia los coches? —propuso Belén que, como exploradora que era, tenía buena orientación—. Antes o después caerán por allí.

—¿Ponernos a andar tan pronto? —se quejó David—. ¡Si aún no hemos desayunado!

—¿Qué hacemos entonces? —miré a mi alrededor—. ¿Qué os parece si jugamos a ver quién se sube a más árboles?

—¿Por qué no aprovechamos para distribuirnos el trabajo del universo? —sugirió Cris, entró en la tienda y salió con una libreta dorada, como si fuese un diario, y un bolígrafo de corazones.

—Olvídate del universo —dijo David—. Ahora hay otras cosas más importantes que hacer, como… —y me miró, dubitativo, para que le echara una mano.

—Como, como… —intentaba pensar rápido—, como ¡comer! Aún no hemos desayunado.

—Tenéis razón. Llama a tu hermano otra vez —dijo Belén, dirigiéndose a David—, que nosotras vamos a ver si encontramos algo comestible por aquí. ¿Vienes, Cris?

Cristina dudó, pero Belén la agarró del brazo y la miró fijamente a la cara, como si quisiera decirle algo.

—Oh, sí. Guardo ahora mismo la libreta y te sigo.

Mientras las chicas buscaban comida, David y yo nos quedamos al lado de la tienda descansando después de una noche tan larga.

Tardaron un buen rato en volver. Llegaron cargadas de moras, pero sus manos más que moradas estaban negras.

—¿Sabéis que hemos visto un pozo por allá? —anunció Belén nada más llegar.

—¿Un pozo cerca de un río? —dije, sorprendido. Los pozos se hacen para buscar agua en los lugares donde no hay.

—Bueno, parecía un agujero más que un pozo —explicó—, pero era muy profundo, de eso estoy segura. ¿Verdad, Cris? Hemos tirado una piedra y ninguna de las dos la ha oído tocar el fondo.

—¡Igual llega hasta el centro de la Tierra! —dijo David, entusiasta, y se puso a pensar por su cuenta—. O más lejos. ¿Os imagináis que atravesara todo el planeta? ¡Qué fenómeno! Si tirásemos una piedra saldría volando por, por… ¿por dónde?

—¡Eso es imposible! —le contradije—. Además, te olvidas de la fuerza de la gravedad.

A David no le importaban mis razonamientos y seguía pendiente de sus fantasías. Tenía una aventura demasiado cercana como para desaprovecharla tan pronto.

—¡Vamos! —me dijo—. Acompáñame, Álvaro. ¡Vamos a buscar ese pozo! ¿Es por ahí? —y señaló hacia un lugar que yo conocía porque lo había recorrido penosamente la noche pasada con las tripas bien revueltas.

—Sí —dijo Belén—. Vas todo recto, pasas los arbustos, una fila de árboles, y después…

Antes de que acabara de hablar, ya estábamos en camino.

Al borde del riachuelo me detuve un instante tratando de hallar marcas o pisadas de alguien que hubiese estado cerca. Aún me acordaba del brillo que había visto a mis espaldas la noche anterior. David lo advirtió.

—¡Miras mal! Los búhos no dejan huellas —se rió—. Al menos, en la tierra. ¡Si fuesen patos!

Y siguió andando, decidido, como si supiese hacia dónde se dirigía. Me levanté para alcanzarle cuando, no muy lejos del agua, vi algo que me llamó la atención. Me acerqué rápidamente y miré sin entender nada: eran dos huellas incomprensibles; me agaché y las toqué, como hacen en las películas los exploradores, y noté que estaban frescas.

—¿Qué puede ser? —me dije; la una era bastante más profunda que la otra y tenían una forma rara, como si fuese un churro estrellado, pero del tamaño de una pata de elefante. Iba a comentárselo a David, cuando oí su voz, sorprendida:

—Álvaro, ven aquí. Acércate —corrí hacia allí—. ¿Has visto eso?

—¿Qué hay que ver? —dije antes de bajar los ojos hacia el suelo.

Estábamos en una explanada y, disimulada entre unos arbustos, había una mancha oscura y redonda, como la rueda de una bicicleta. La

explanada = area of flat or level ground

disimular = ocultar

hierba y la tierra estaban ennegrecidas, quemadas.

—¡Curioso! —dijo David, que empezó a estudiar detenidamente el suelo con su lupa.

—¿Qué es lo curioso?

—¡El tamaño! Demasiado grande para una barbacoa y demasiado pequeño para… —y se calló—. No, no es posible.

—¿Qué es lo que no es posible? —insistí.

—Nada. Los platillos volantes, cuando aterrizan, dejan un redondel negro. Lo he visto en muchas películas. Pero este círculo es muy pequeño.

—¡Claro, claro! —dije, mirando bien hacia todos lados—. Como que no tiene nada que ver con un platillo volante. ¡Qué tontería! ¿Y si nos vamos? Telefonea a tu hermano otra vez, a ver si hay suerte. ¡Corre!

Y cuando ya estábamos en camino, David se volvió y cogió una piedra negra y muy redonda que había cerca de la mancha negra, junto a un arbusto.

—¡Qué chula! Para mi colección —comentó y se la metió en el bolsillo—. Parece una bola de billar.

Otra vez en clase

No fue necesario llamar al hermano de David. Cuando llegamos al campamento ya estaba allí con su novia y sus amigos ayudando a las chicas a recoger la tienda de campaña.

Al vernos, Belén gritó:

—¡Cómo sois! —nos miró, intentando doblar la lona—. ¡Siempre escurriendo el bulto!

—¿Nos necesitabais? —le contestó David, sorprendido—. ¡Si teníais una ayuda fenomenal! —y apuntó hacia su hermano.

—Pues toma —Belén avanzó hacia él, sonrió y luego, como si estuviese enfadada, le soltó encima la tienda de campaña—. Llévala tú al coche.

—¡No hay problemmmm!...

No pudo acabar la frase: la lona, que estaba mal doblada, se abrió de repente y se desparramó sobre él, tirándole al suelo y cubriéndole casi por completo.

Fue un incidente que alargó un poco más la salida y puso de peor humor al hermano de David, que había discutido con su novia y tenía prisa por irse de allí.

En el viaje volvimos los cuatro juntos en el mismo coche, y nos pusimos a hablar del trabajo de Naturales. Habíamos estado mirando las estrellas apresuradamente, pero no sabíamos qué contar de ellas. Había que consultar en los libros. Entonces David nos sorprendió una vez más.

—Chicos, yo hago lo primero: qué es el universo, cuántas partes tiene y todo lo demás.

—¿Quéeee?... ¿Sabes tú algo sobre el universo? —el científico del grupo era yo; David sólo conocía a fondo los videojuegos. En eso era un campeón.

—¡Oh sí! ¡Ya veréis! —respondió misterioso, como si guardara un secreto—. Tengo un método infalible para quedar como un experto.

—¿De verás?

—Sí. Es muy original —y se rió, seguro de sí mismo.

La originalidad de David no era tanta como pensaba. Se dio cuenta al día siguiente en clase.

Javier le preguntó a la profesora si en el trabajo se podían pegar fotos sacadas de Internet o había que dibujar las estrellas y los planetas y el Sol...

—Claro que podéis utilizar imágenes ajenas —dijo la profesora—. Lo importante es que guarden armonía y estén en relación con lo que queréis contar…

—¿Qué quiere decir con eso?

—Depende del tipo de trabajo que estéis haciendo.

Y entonces el grupo de Javier y el de Emma le llevaron las primeras páginas de su trabajo. La profesora las recibió complacida. Se había dado cuenta de que los alumnos se lo habían tomado en serio; pero nada más empezar a leer se le fue arrugando la cara. Al hojear el segundo trabajo desapareció la sonrisa amable que tenía esa mañana. Nos miró a todos seriamente, mandó guardar silencio y dijo:

—Escuchad: «El universo experimentó un rápido periodo de inflación cósmica que arrasó con todas las irregularidades iniciales. A partir de entonces el universo se expandió y se convirtió en estable, más frío y menos denso. Las variaciones menores en la distribución de la masa…».

Al llegar a este punto fuimos incapaces de seguir atendiendo. Todos comenzamos a bostezar y a decirnos que de qué estaba hablando, a preguntar si se le había ido la olla y cosas por el estilo. Todos menos los compañeros de los equipos de Javier y Emma, que se miraban entre sí, perdidos. David también estaba muy callado.

—¿Te pasa algo?

—No, nada, el trabajo.

—¿Qué quieres decir?

No me tuvo que explicar nada. Lo comprendí muy pronto. Las palabras de la profesora me dieron una pista. Al acabar la lectura, preguntó:

—A ver, Javier, ¿qué habéis querido decir con esto?

—Pues, pues… —y el chico buscó la ayuda de sus compañeros, que intentaban escurrir el bulto, mirando hacia la ventana.

—Y tú, Emma, seguro que sabes explicar perfectamente este trabajo que tan extensamente me habéis hecho. ¿A qué os referíais exactamente con «segregación fractal» y con…?

—Es que…

No la dejó acabar, y fue lo mejor para Emma, que se había quedado muda y con la boca abierta.

—Me alegra —dijo la profesora— que os halláis tomado tan en serio el trabajo sobre el universo y que algunos lo hayáis hecho tan rápido y tan extenso, como veo, pero lo que ya no me parece ni medio bien es que tratéis de tomarme el pelo. He visto estos dos trabajos y los dos son, en el fondo, iguales.

—Es que tratan del mismo tema —dijo, muy bajito, Roberto, que es el más gracioso de la clase y casi siempre se está metiendo en líos, pero la profesora no lo oyó. Prosiguió con su discurso.

—Si yo os mando un trabajo sobre el universo es para que aprendáis a buscar datos, escoger la información y trabajar en equipo, que os será muy necesario en vuestro futuro. Pero lo que no estoy dispuesta a consentir es que os limitéis a entrar en Internet, cortar y pegar tal cual…

Todos nos miramos asombrados, como si acabara de decir algo increíble. La profesora continuó:

—Y encima, tenéis tan poca imaginación que acudís a la misma fuente. Para leer esto no necesito vuestros trabajos. Voy directamente a Google y acabamos antes.

David me miró y me dijo, bajito:

—¡Vaya!

—¿Qué te pasa?

—Nada —lo pensó mejor, y explicó—: Bueno, que yo también lo había copiado de wikipedia.

—¿Así que ése era el trabajo tan original que nos ibas a hacer?

—No era una mala idea, ¿no te parece? —y con pesar, continuó—: Lo que pasa es que ahora todo el mundo tiene Internet. Todos, hasta los profesores... ¡Un asco!

La profesora proseguía con su discurso.

—Tras estos resultados tan decepcionantes —y señaló los folios que tenía entre las manos— había pensado olvidarme del trabajo y seguid con los exámenes de siempre, pero creo que merecéis otra oportunidad. Os daré una semana más para que me hagáis un trabajo personal. Si aquí tenemos cinco equipos —y miró a la clase—, quiero ver cinco cosas distintas sobre el universo. En realidad —y aquí suavizó la voz—, no me interesa que me lo llenéis de datos, que para eso ya están las enciclopedias. No os liéis. Quiero pocas ideas, pero claras. Y que se note que sabéis de lo que estáis hablando. ¿Lo habéis entendido?

—*Yes*! —dijo Roberto.

—No puntuará sólo lo que escribáis sobre el universo. También, la manera de exponerlo, porque tenéis que presentarlo delante de vuestros compañeros.

—¡Glub!

A ninguno nos gustaba eso de hablar delante de los demás, aunque lo viésemos en todas las series de la tele; pero la profesora no había acabado aún.

—Ah, y no os olvidéis de que siempre es de agradecer la originalidad y la tendré muy en cuenta.

Entonces Roberto, que nunca levanta la mano en clase, la alzó y dijo:

—Profesora, ¿se puede hablar de los marcianos?

Todos le miramos con temor. Se notaba que le estaba tomando el pelo, pero a la profesora no le resultó extraña la pregunta, pensó un momento y empezó a hablar:

—Los extraterrestres están ahí… —dudó— o no están. Eso no lo sabemos. Ésa es la gran pregunta: si estamos o no estamos solos en el universo. Es un tema complicado, y más para vosotros que aún sois muy jóvenes, pero si alguien se atreve a investigar, podemos debatirlo luego en clase…

—¡Fenómeno! —dijo uno.

—Yo voy a venir disfrazado de E.T., ¡seguro que puntúa más!

—Pues yo de Supermán.

—Oye, que Supermán es un superhéroe, no un marciano.

—Ya, pero no tengo más disfraces y yo también quiero divertirme. Además…

—¿Qué?

—Supermán no es terrestre. Viene de un planeta que se llama Criptón. ¿No lo viste en la peli?

—Es cierto —exclamó otro, sorprendido—, por eso tiene poderes.

Aún seguíamos hablando del mismo asunto a la salida del colegio; entonces comenté a mis amigos:

—¡Qué tontería! Los extraterrestres no existen. Nosotros vamos a hacer algo serio.

—Vale —dijo Cris, que ya tenía un plan en la cabeza—. ¿Qué os parece si hoy investigamos por nuestra cuenta y mañana por la tarde venís todos a mi casa y nos ponemos con el trabajo?

—¿Habrá merendola? —dijo David, animado—. Puedo llevar unos juegos de carreras de coches por parejas que son…

—¡Noooooo! —le gritó, muy claro, Cris.

—Vale, vale, no hay que ponerse así —y luego, separándose un poco de ella, añadió—: ¿Qué has querido decir exactamente?

Primer asalto: el universo

Cuando llegamos a casa de Cris, Belén y yo llevábamos cuadernos, papeles y libros subrayados. Belén se había centrado en las estrellas; yo había dividido el universo en veinte puntos, con preguntas tipo monopoly (me parecía muy original y científico). Por su parte, Cris tenía encima de su mesa un montón de mapas y dibujos sobre el Sistema Solar y los planetas. Sin buscarlo, cada uno de nosotros se había fijado en un aspecto del trabajo, aunque todos habíamos leído todo. O eso pensábamos.

—¿Y David? —nos preguntamos. Era el que faltaba.

—¿Con qué nos sorprenderá? —se preguntó Belén.

David llegó poco después con una pequeña mochila. Los tres pensamos: «¡Es el trabajo!», pero nos quedamos muy decepcionados cuando sacó un videojuego y un bocadillo. Dentro no había nada más.

Al ver nuestras caras exclamó, tratando de justificarse:

—¡Hmmm, es que pensar me da hambre —y luego le dijo a Cris—: ¡Como no quedó nada claro lo de la merendola!

—¿No te has preparado nada sobre el universo? —le preguntó Belén.

—Os vais a reír —dijo él—. Es que… para ambientarme me puse a jugar con un videojuego fantástico que tengo sobre una carrera de naves espaciales. ¡No sabéis lo interesante que es! Van a toda velocidad y hay que esquivar los satélites y los asteroides y todas esas porquerías de las que está lleno el cielo, y… se me pasó el tiempo. Pero no os preocupéis que a mí se me ocurren grandes ideas.

—¿Cómo?

—Ya iré improvisando sobre la marcha. Es mi especialidad. Vosotros, tranquilos —antes de que siguiéramos mirándole como si quisiéramos echarle de casa, añadió—: ¿Por qué no empezamos ya? —y como si fuese el que dirigiese el grupo de trabajo, preguntó—: A ver, ¿qué tenemos?

Cris sacó una cartulina del tamaño de un poster donde había empezado a dibujar el Sol y los planetas que lo rodean.

—¿Veis? —dijo orgullosa—. He pensado que como tenemos que salir a exponer el trabajo, podemos hacer unos dibujos muy grandes y los vamos explicando.

—Eso está bien para el Sistema Solar —le dije—, pero ¿cómo dibujamos el universo?

Las chicas se quedaron pensativas; David cogió un papel y un lápiz y se acercó a la mesa.

—¡Dejádmelo a mí! ¡Soy un experto en dibujo! —lo pensó mejor y preguntó—: ¿Cómo es el universo?

—¿No te acuerdas? —comenté fingiendo extrañeza—. Tú lo copiaste de Internet el otro día.

—¡Ah, sí! Es que ahí no saben contarlo bien, pero ya..., ya lo tengo. Recuerdo que el universo es…. ¡es todo! —se quedó pensativo y añadió—: Y ¿qué es todo?

—Todo es todo —le dije—. Todo lo que existe, lo que ha existido y lo que existirá… —no estaba muy seguro de lo que estaba diciendo.

David quería tenerlo claro, y preguntó:

—O sea, nosotros, la Tierra, el cielo, las estrellas, los pantalones, las palomitas, la música, Colón, la mantequilla, los viajes a París, el olor de los pies, Julio César, los marcianos…

—¡Vale, vale! Lo has comprendido —le cortó Cris, y siguió con el tema—. El universo está dividido en galaxias, y cada galaxia tiene millones y millones de estrellas…

—Ya lo he entendido —dijo David—. Es como las autonomías. España está dividida en autonomías (creo que diecisiete) y cada autonomía tiene varias provincias. ¿No es así?

—Más o menos. Lo único que en el universo hay miles de millones de galaxias y en cada galaxia hay miles de millones de estrellas.

—¿Y dónde se meten?

—En el cielo; bueno, en el universo, pero están tan lejos que la mayoría no se puede ver ni con telescopios gigantescos —dijo Belén, luego se quedó pensativa y añadió—: Cuando vamos al campamento siempre hay muchísimas estrellas en el cielo. Una noche, un monitor se enfadó con un grupo de chicos y como castigo les hizo contar las estrellas.

—¿Hasta qué número llegaron? —preguntó David.

En ese momento Cris se acordó de algo que había leído hacía poco.

—¿Sabéis que Ptolomeo descubrió más de mil estrellas y puso nombre a todas?

—¿Quién es ese Todomeo?

—Ptolomeo —le rectificó ella— fue el mayor astrólogo de la historia, creo. Era un sabio antiguo, muy antiguo, del tiempo de Alejandro Magno o Julio César, por ahí, que…

El tema no nos interesaba, así que pregunté:

—¿Cómo dibujamos el universo? —y nos quedamos pensativos.

—¡Ya está! ¡Dejádmelo a mí! —David nos miró, hizo un garabato en un papel y siguió hablando—: ¿Qué os parece? Lo de las autonomías me ha dado la idea.

—No está mal, pero te falta señalar ahí la Vía Láctea.

—¿Qué es la Vía Láctea?

—¿Es que no has leído nada? —le reprochó Cris—. La Vía Láctea es el nombre de la galaxia en la que estamos nosotros.

—¿Quiénes?

—Todos nosotros: la Tierra y los planetas que giran alrededor del Sol. El Sol es una de los millones de estrellas de la Vía Láctea. ¿Lo sabías?

—Claro, claro, ¿cómo no lo voy a saber? Lo aprendí ya en la guardería. Me acuerdo muy bien.

—Los romanos le pusieron ese nombre porque en el cielo se veía como un camino de leche —expliqué; lo acababa de leer antes de llegar a casa de Cris. Luego tomé el lápiz y añadí—: ¡Déjame que te marque las galaxias que están más próximas a la nuestra!

—Sí, pero ten cuidado —intervino David—, no me estropees mi obra de arte —entonces le dio un último toque, y preguntó, orgulloso—: ¿Qué os parece?

—No está mal —dije por decir.

—¡Fenómeno! Ahora podemos practicar un poco con un videojuego que…

—No hemos hecho más que empezar —le interrumpió Cris—. Tenemos que meternos con lo del origen del universo. Lo he leído varias veces pero no sé bien ni cómo dibujarlo ni cómo explicarlo. Sé lo que dicen, pero no me entra en la cabeza. ¿Quién puede entender que de un punto negro, más pequeño que un grano de arena, surgiese todo lo que vemos y lo que no vemos? ¿Cómo va a salir de ahí todo? Es absurdo.

—¡Eso es el Big Bang! —le dije; era un tema que me apasionaba y había leído algo sobre el principio del universo.

—Pero, ¿el Big Bang no es una torre que está en Londres y sale en todas las pelis? —preguntó David.

—No, el Big Bang es el momento en el que surgió el universo.

—¿Surgió? —se quedó sorprendido—. ¿Qué había antes?

Nadie contestó. Todos nos lo habíamos preguntado y queríamos preguntárselo a la profesora el día de la exposición. Era el mejor momento. Así no teníamos que hablar tanto tiempo.

—Ya sé. Ya sé cómo lo podemos dibujar. Haremos una tira cómica para explicarlo, ya veréis. Más o menos así. ¿Qué os parece? —pregunté mostrándoles orgulloso mi dibujo.

—No es muy divertida —Belén la miró muy rápido.

—Sí, la verdad es que yo no le veo el chiste —a David tampoco le apasionaba—. ¿Y si ponemos un ciempiés cojo?

—¿No os habéis enterado de por qué he roto la última viñeta? —dije, sorprendido de que nadie me felicitara por mi buena idea—. Las galaxias están separándose las unas de las otras, lo he leído, y el universo cada vez se hace más y más y más grande —y abrí los brazos mientras lo contaba—. El universo se extiende en el aire, se expande, pero muy despacio. La gente no se da cuenta.

—¡Ah! —dijo David, que o no entendía nada o estaba pensando en otra cosa.

—Y ¿si pasamos ya al Sistema Solar? —dijo Cris, que acababa de sacar el poster con sus dibujitos de los planetas.

—¿Ya no tenemos nada más del universo? —preguntó Belén.

Todos nos miramos sin saber bien qué decir, y de pronto me llegó una idea.

—Ah, sí. ¿A que no sabéis la edad del universo?

—¿Quéeee?

—¿Cuántos años tiene?

—Pues… —dijo David, haciendo que pensaba—. Así, a simple vista, yo le echo..., pues ¡bastantes! Seguro que más que mi abuelo.

—Os daré una pista a ver si acertáis. A) 22.222 años. B) Un millón de años. C) 50 millones de años. D) Más de 13.000 millones de años.

—¡Lo he visto! Sí, lo he visto en alguna parte. Yo creo que era… —Cris cerró los ojos para concentrarse—. La respuesta D.

—Yo digo lo mismo.

—Y yo.

—Eso no vale —intervine—. Os habéis copiado.

Y mientras Cristina nos enseñaba el poster del Sistema Solar, David andaba muy concentrado rebuscando en su libreta.

—¿Qué haces?

—He hecho un retrato del universo. Ya veis, ¡como es tan viejo! —y nos lo mostró—. ¿Qué os parece?

—¡Parece el abuelo de un extraterrestre! —dijo Belén y todos se rieron menos yo, que no veía el parecido ni tampoco la gracia.

La extraña piedra quemada

Aún quedaban dos días para exponer el trabajo en Naturales. Estábamos en clase esperando al profesor de Lengua, cuando David me dijo muy asustado:

—¡Me ha pasado algo terrible!

—¡No será para tanto! —sabía que a mi amigo le gustaba exagerar, así que no le di importancia.

Pero David insistía.

—¿No te lo puedes imaginar?

—¿Qué?

—No lo entiendo. Aquí pasa algo raro.

—¿A qué te refieres?

Pero llegó el profesor y sólo pudo responder:

—Ven esta tarde a mi casa y lo ves, porque si no, no te lo vas a creer.

—¿A qué hora?

—Me da igual.

Cuando entré en la habitación de David, todo parecía normal. El lugar estaba como siempre: desordenado por todas partes, excepto las dos estanterías de los videojuegos, clasificados por temas y en orden alfabético.

Me fui a sentar en su cama, y corrió a levantarme.

—Oh, no, no me la arrugues que luego no puedo dormir. Coge la silla. No, mejor ven.

Había olvidado que a David le gusta tener la cama perfectamente hecha y que nadie se la toque.

Tomó un videojuego, lo metió en su Play Station y me dijo:

—¡Mira!

No me podía creer que mi amigo me hubiese llamado para mostrarme sus habilidades con la Play. Miré sin ganas, pero no había nada que ver. En la pantalla sólo aparecían unas rayas de colores y se oía un ruido desagradable.

—Se te ha estropeado el juego —dije.

—No sólo éste —comentó; fue hasta su estantería y tomó otro disco—. ¿Ves? —me miró y añadió—: No se ve nada. Tampoco en el otro, ni el otro, ni… ¡En ninguno! ¡Todos se me han chafado! ¿Qué ha podido ser?

—Está muy claro: tu Play. Está fundida.

—Oh, no, porque cogí un juego de fútbol de mi hermano y se ve perfectamente… —se quedó callado un momento y, luego, dijo—: Yo creo que ha sido la piedra.

—¿Qué piedra?

—¿No te acuerdas del otro día en el campo?

Entonces recordé que durante nuestra exploración habíamos llegado al círculo negro y David se había vuelto para llevarse aquella piedra tan oscura, brillante y redonda.

—Ah, sí —dije—, ¡la bola de billar!

—Pues… se ha volatilizado.

—¿Qué?

—Ha desaparecido. Se ha largado. Ha hecho las maletas. ¡Adiós! ¡Chao, *bambino*! —repitió David—. Seguramente ha cumplido su misión y, como no tenía nada más que hacer, ha dicho: «¡Hasta luego, Lucas!». Ya ves, ni rastro de ella en mi cuarto.

—No digas tonterías. Seguro que la ha tirado tu madre.

—Ya se lo he preguntado.

—Alguien lo ha tenido que hacer. Una piedra no se va sola. A no ser…

—¿Qué?

—Que tú seas sonámbulo y la hayas tirado tú. Una vez vi algo parecido en una película de terror —me quedé callado y enseguida repetí—: ¡Una piedra no se va sola!

—¿Y si no fuera una piedra?

—¿Qué quieres decir?

—Pues eso mismo —y se explicó—: Cuando cogí la piedra me pareció demasiado blanda, pero no le di importancia. Lo más extraño fue cuando la traje a casa y la dejé en mi habitación.

—¿Se movió?

—No, claro. Si se mueve me hubiera largado a todo correr —nada más imaginarlo se asustó—. Lo que pasó es que al dejarla en la estantería, la miré y me pareció… —y se calló, pensativo.

—¿Qué te pareció? Acaba de una vez.

—Me pareció distinta, como si hubiese cambiado de forma. No era tan redonda como en el campo, pero no le di importancia. Creí que me había fijado mal.

—¿Seguro?

—Puede ser. No lo tengo claro. Vine a casa y me puse a jugar con un vídeo nuevo que me habían dejado y me olvidé de todo. Quería practicar un poco.

—Pero ¿qué ocurrió realmente? —me había intrigado e insistí—: ¿Cambió de tamaño?

—No —lo pensó mejor y especificó—: No del todo. Más bien de forma.

—¿De forma?

—Sí, cuando la cogí del campo me recordó a una bola de billar, y luego, al verla en mi cuarto se parecía más a una patata. Una patata quemada… ¡Y encima con vida propia!

—Hmm, ¡qué extraño! —dije y me dirigí a la puerta—. Creo que me tengo que ir. Me esperan mis padres.

Salí de casa de David como si me escapara de la casa de los horrores. Miraba hacia atrás continuamente y me tocaba los bolsillos, como si temiese que aquella piedra —o lo que fuese— se me hubiese colado entre la ropa.

—¡Claro! —me dije, a mi pesar—. Ya ha cumplido su misión en casa de David, y ahora viene por mí.

Era absurdo lo que pensaba. Un científico nunca dice nada que no haya comprobado, pero la cabeza me traicionaba.

Miré a mi alrededor, y al ver a la gente de siempre haciendo su vida de siempre, todo me pareció normal y me quedé más tranquilo. Me acordé entonces de David, encerrado en la habitación, con aquel misterio encima, y le llamé por el móvil para que esa noche viniese a mi casa.

—Oh, gracias —me dijo, algo insólito en David que nunca da las gracias—. Pensaba haberme ido al cuarto de mi hermano, aunque no le hace mucha gracia…

—Te espero a las nueve.

—¡Vale! —dijo contento—. Ya llevaré unos juegos.

—Pero, ¿no se te han estropeado?

—Ah, sí, sí... —y luego, con un tono de voz triste, añadió—: Es que no me he acostumbrado a vivir sin ellos —y suspiró—. ¡Aún no me he hecho a la idea!

A mi madre le gusta que invite a mis amigos a dormir. Dice que los buenos amigos también forman parte de la familia y que es necesario saber relacionarse con los demás ya desde niño.

Pero esa noche, cuando abrí la puerta, se sorprendió de mi comportamiento.

—Álvaro, invita a tu amigo a entrar en casa de una vez. ¿Qué hacéis en la puerta?

Mi madre se acercó y vio que David se había quitado la cazadora y estaba dando la vuelta a los bolsillos del pantalón para mostrarme lo que llevaba dentro.

A David también le sorprendió mi comportamiento.

—¿Qué es lo que pasa? ¿Por qué me has cacheado como si fuese a subir a un avión? —me dijo en voz baja en cuanto llegamos al cuarto.

—Nada, ya nada —le respondí en un tono tan bajo que casi no se oyeron mis palabras—. Quería asegurarme de que no se te había colado nada ni nadie dentro.

—¿Quéeee? —dio un grito que casi me deja sordo.

—La patata quemada.

Y entonces tuve que explicarle todo lo que había estado pensando aquella tarde tras salir de su casa. David escuchó mis teorías sin sorprenderse demasiado.

—¿Crees que era un extraterrestre? —preguntó sorprendido.

—Es una posibilidad, ¿no te parece?

—Aghhh —dijo David—. Entonces, he tocado un bicho, qué asco, un horrible bicho extraterrestre —se separó la mano lo más que pudo, como si quisiera apartársela de sí, y corrió hacia el baño para lavársela.

Al cabo de media hora volvió. Había tenido la mano bajo el agua todo el tiempo y ya parecía más tranquilo.

—¡Qué birria de marcianos! —dijo, acordándose de la patata quemada—. ¡Como se

esta película es una birria — load of rubbish

me acerquen, me cargo a cien de una patada!

—No te fíes. Si han llegado hasta la Tierra es porque están más desarrollados que nosotros.

—¿Esas patatas quemadas? ¡No me hagas reír! Si se ponen tontas me las zampo con ketchup.

—No te confíes. Seguro que tienen poderes —me quedé pensando muy fijamente—. Hay que adivinar cuáles.

¡Te la vas a cargar!

You're in for it

cargarse

a) matar

b) romper

Segundo asalto: el sistema solar

No podía contar nada a las chicas. Después de estar todo el tiempo repitiendo que no existían los extraterrestres, resultaba absurdo decir que una patata quemada era un marciano más desarrollado que los humanos y que había viajado a la Tierra para borrar los videojuegos de David.

Me hubiesen tomado por imbécil. Y eso que Belén y Cris me conocen bien.

Y como me conocen bien, se imaginaban que me ocurría algo. Esos días estuvimos viéndonos mucho en casa de Cris (que es la más grande), porque teníamos que preparar a fondo el trabajo, y me preguntaron varias veces:

—¿Qué te pasa, Álvaro? ¡Estás un poco raro!

—¡Es el universo! —dije para disimular—. ¡Somos tan pequeños!

—¡Pues yo conozco a un chico que ése sí que es pequeño de veras! —intervino David.

Fue nuestra última reunión. Al día siguiente nos tocaba exponer el trabajo.

Llegamos a clase cargados con una enorme cartulina doblada, algunos dibujos sueltos, un palo fino, celo para pegar y una linterna. Aunque nos parecía que no tenía mucho que ver con el universo, David insistió en que una linterna puede ser muy útil en cualquier momento.

Como éramos cinco grupos, esa mañana saldríamos sólo tres. Nosotros fuimos los últimos.

—¡Ya veréis! —dijo Cris, animada, tras desplegar la cartulina que habíamos dibujado y que ocupaba más de la mitad de la pizarra.

Inmediatamente, y en una esquina, David pegó aquel retrato del universo visto como un viejo barbudo y con bastón, que tanto le gustaba y que había dibujado en nuestra primera reunión.

—¡Tiene que estar ahí! —dijo—, es el protagonista de la historia.

Una vez que se veía bien el mural, comenzamos Belén y yo a hablar del universo, según habíamos ensayado en casa. Después venía lo mejor: explicar los dibujos, y como la idea había sido de Cristina, fue ella la que pidió contarlos.

Antes dijo algo de lo que se arrepentiría de inmediato.

—Para que sea más participativo este trabajo, podéis hacer los comentarios que se os ocurran —y miró a la profesora.

—Está bien —dijo la de Naturales—. Si queréis intervenir, hacedlo, pero antes levantad la mano; no me gustaría que esto se convirtiera en un circo.

—El universo —comenzó Cris— está formado por galaxias. Una de sus galaxias se llama la Vía Láctea, que tiene más de 200 mil millones de estrellas…

Al fondo se vio una mano levantada, y sin que nadie le dijera nada, Roberto preguntó:

—¿Quién las ha contado? Porque para contarlas se tarda… ¿Puedo coger el móvil para usar la calculadora?

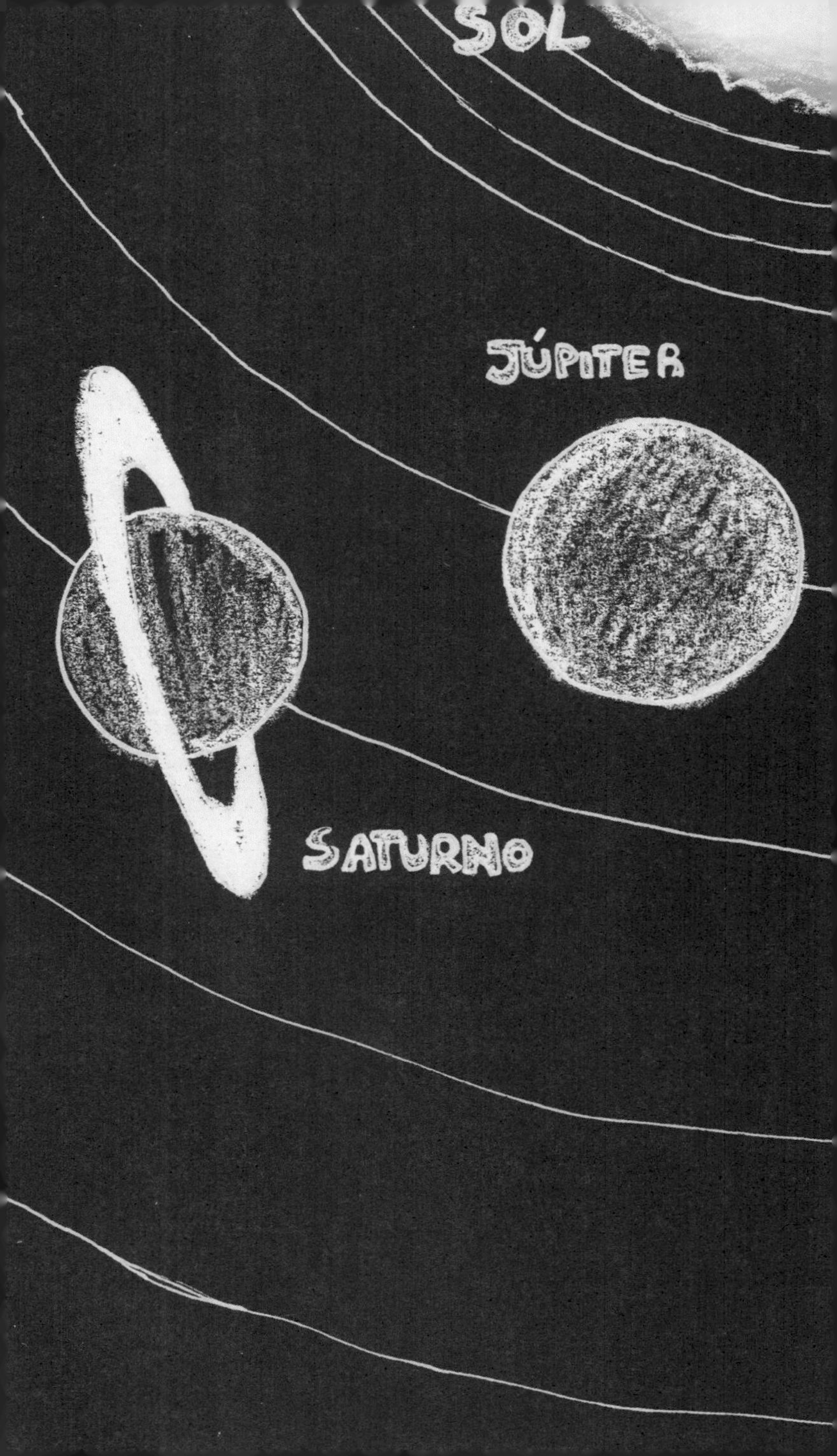
SOL
JÚPITER
SATURNO

MERCURIO
VENUS
TIERRA
MARTE
URANO
NEPTUNO

Cris hizo como si no le oyera y continuó:

—Las estrellas son gigantescas nubes de gases donde se producen explosiones todo el tiempo. Son una inmensa hoguera que siempre está ardiendo, y por lo tanto, dan luz y calor —tomó su varita y señaló hacia el otro lado—. Una de los millones de estrellas de la Vía Láctea es el Sol.

—¿El Sol es una estrella? —preguntó otro compañero.

—Sí —dijo Cris, segura—. El Sol es una estrella, igual que el resto de esas estrellas que vemos en el cielo.

—Si es una estrella, ¿por qué no vemos al Sol por la noche como a las demás? ¿Dónde se mete? ¿Qué le diferencia de las estrellas?

Eran demasiadas preguntas.

Cris me miró a mí; yo miré a Belén; Belén miró a David y David seguía con sus ojos perdidos tras los cristales de los ventanales de clase. La profesora, al ver que nos habíamos quedado sin respuesta, intervino:

—Luego lo explicaré. Ahora, seguid con la exposición, que no quiero que os despistéis.

—El Sistema Solar es ese espacio formado por el Sol y todo lo que tiene alrededor: planetas, satélites, asteroides, cometas y meteoritos.

—¿Qué es un planeta? —preguntó alguien.

—¿Y un asteroide?

—Un planeta —me lo había aprendido de memoria y contesté— es un cuerpo celeste que gira alrededor de una estrella, como la Tierra con el Sol. Un asteroide es como un planeta pero mucho más pequeño, y también gira alrededor de una estrella. Si girase en torno a un planeta sería un satélite, y si…

—Está bien —me interrumpió la profesora—, es suficiente —se estaba dando cuenta de que la clase empezaba a dormirse.

—El Sistema Solar —dijo Cris, señalando el cartel que había dibujado— tiene ocho planetas principales, que son, como aquí se muestra claramente: Mercurio, Venus, Tierra, Marte, Júpiter, Urano y Neptuno. Ya veis la diferencia de tamaño entre uno y otro…

—Sí, pero no están hechos a escala —intervino David, para sorpresa de todos, y siguió sorprendiéndonos—: Si el Sol fuese igual de grande que esos balones de fútbol con los que Raúl marca los goles, la Tierra tendría el tamaño de un grano de azúcar.

Nunca debía haber hecho esa comparación. La clase se olvidó de los planetas y todos los chicos quisieron dar su opinión ante un tema que dominaban.

—Oye, que el que marca más goles es Torres.

—Pues Villa ha sido el goleador de la Eurocopa.

—Yo prefiero a Messi.

—Y Cristiano Ronaldo, eh, ¿qué me decís de Ronaldo?

La discusión se animó tanto que la profesora tuvo que intervenir, y no le fue fácil. Hubo de emplear métodos duros.

—El que levante la voz sin mi permiso se va a la calle —luego nos miró y ordenó—: ¡Continuad! Ah, y procurad no poner ejemplos que alteren a vuestros compañeros.

—Está bien, profesora —dijo Cris, señalando con la varita—. Los cuatro planetas que están más cerca del Sol son pequeños y sólidos, formados por hierro y rocas —y señaló a Mercurio, Venus, Tierra y Marte—. Los planetas más lejanos son gigantescos y no se pueden pisar porque no hay tierra en ellos. Están formados por gases, aunque…

—¿Y allí cómo construyen casas? ¿Y carreteras? ¿Y dónde ponen la antena de la tele?

Pero nadie hizo caso a Roberto y sus amigos. Cristina le dejó su varita a Belén, que empezó:

—Un satélite —y señaló la Luna— es un astro o un cuerpo celeste que gira alrededor de un planeta. La Tierra sólo tiene un satélite. Marte tiene dos; Neptuno, trece; Urano, casi treinta; Júpiter, más de sesenta, y Saturno tiene, por lo menos, otros sesenta que giran alrededor de él y de sus anillos.

En esos momentos David, que estaba aburrido de mirar por la ventana, sonrió y dijo:

—¿Queréis que os diga el nombre de todos esos satélites?... —y como vio que sus compañeros no le decían que no, como esperaba, añadió rápidamente—: Bueno, mejor otro día, que aún quedan cosas en este mural…

—Desde el espacio —continuó Cris—, la Tierra se ve como una canica azul, con manchas marrones y verdes, y unas nubes blancas alrededor.

—¿Así es como nos ven los extraterrestres desde sus platillos volantes? —preguntó Roberto, y yo intervine inmediatamente.

—¡Extraterrestres! ¡Qué tontería! ¡Los extraterrestres no existen!

—Yo creo que sí —dijo alguien.

—Pues claro que sí. En las películas hay un montón.

—Pero eso son películas.

—Mi abuelo vio una vez en el campo…

—En Perú hay unas pistas para que aterricen los ovnis, lo vi una vez en la tele…

—¡Silencio! —dijo la profesora al comprobar que la clase se estaba alborotando—. Como noto que el tema os interesa, y ya es tarde, lo dejaremos para debatir el próximo día. ¿Qué os parece?

—¡No existen los extraterrestres! —repetí.

—No lo sabemos —intervino Cris—. Si hay miles de millones de galaxias, y cada galaxia tiene miles de millones de estrellas, y cada estrella tiene varios planetas, alguno puede ser parecido a la Tierra. Es una cuestión de probabilidades.

alborotarse = get worked up.

Muy encerrado en casa

La profesora nos felicitó; dijo que nos pondría muy buena nota a los cuatro. ¡Qué bien! Estaba contento por el resultado del trabajo, pero no con la discusión que habíamos tenido después sobre los extraterrestres. Hay cosas de las que es mejor no hablar.

Aquella noche me quedé solo en casa. No ocurre nunca, pero tuvo que suceder precisamente ese día. Mi hermana se había ido y llamó mi tía diciendo que la abuela estaba internada en el hospital. Mi madre se fue corriendo y mi padre la llevó en el coche.

—Enseguida venimos, hijo. Quédate estudiando o viendo la tele y no abras a nadie. ¿Lo has entendido?... A nadie.

—¿Y si voy con vosotros? Yo también quiero ver a la abuela.

Normalmente, estoy deseando que se vaya todo el mundo para quedarme solo, sentirme el dueño de la casa y hacer lo que me apetezca. Esa vez, en cambio, no me hacía ninguna ilusión quedarme solo de repente. Llamé a David, que no estaba en casa, y su móvil no daba señal.

—¡Vaya! —me dije contrariado. No sabía qué hacer y me fui a la cocina para comer algo y tranquilizarme.

Estaba preparándome un sándwich de siete pisos cuando llamaron al teléfono. «¿Quién puede ser?», suspiré exaltado. Me tapé los oídos para no escucharlo; luego imaginé que sería David y lo cogí.

No era David, pero sí alguien muy conocido.

—¡Mamá!

—Hemos salido con tanta prisa que se me ha olvidado decirte que en el horno tienes la cena: una hamburguesa con patatas fritas bien tostadas, como a ti te gustan.

—¡Patatas quemadas! —dije con una mezcla de asco y horror—. ¿De dónde has sacado las patatas?

—De dónde va a ser, hijo: del mercado. ¡Qué preguntas haces! ¿Estás bien?

—¿Y todas las patatas eran… —continué preguntando— normales?

—¿Quéeeeee? —se oyó un ruido de fondo, se cortó la comunicación y luego volví a oír la voz de mi madre—. Hijo, ¿seguro que estás bien? Dímelo, que vamos ahora mismo a cuidarte.

—Oh, no, mamá, no soy un crío —no sé por qué dije aquello; en el fondo prefería que estuvieran en casa, al menos aquella noche.

No me gusta la oscuridad y al mirar por la ventana hacia el cielo, me sentí muy pequeño, me dio un escalofrío en la espalda y marqué un número en el teléfono.

—Belén, ¿tú crees que existen los extraterrestres?

—¡Me llamas en mitad de mi serie preferida para preguntarme esto? Claro que existen.

—¿Estás segura?

—Pues... —lo pensó un poco—, no lo sé. ¡Me da igual!

—¿Qué?

—Recuerda lo que dijo Cris. Hay miles de millones de galaxias en todo el universo. Pues si hay tantas, ¿por qué no va a haber habitantes en alguno de esos lugares tan lejanos?

—¿Y si estuvieran más cerca?

Pero Belén no quiso saber más del asunto y me colgó. Eso es lo que pasa con los amigos de toda la vida: como hay confianza, no te hacen demasiado caso, a no ser que tengas un problema de verdad, y Belén no consideraba que hablar de extraterrestres fuese un problema para alguien.

Para mí empezaba a serlo.

Fui a Internet, escribí la palabra «extraterrestre» y me salieron más de dos millones de páginas en español. Demasiadas para consultarlas todas. Así que cerré los ojos y escogí una al azar.

No sé si fue una buena elección. En ella se mostraban dibujos de diferentes tipos de «alienígenas», según las declaraciones de testigos que los habían visto. Parecía un zoo: había algunos que eran como reptiles, otros eran verdes, con antenas, y los que menos me gustaron eran unos tipos parecidos a los humanos, pero con los brazos largos y caídos, la cabeza muy grande y los ojos vacíos, sin ninguna expresión.

Rápidamente cerré aquella página y me dije:

—¡Menos mal que no hay ninguno que sea como una patata quemada!

Ya más tranquilo miré otras páginas, y en una de ellas leí que había extraterrestres que vivían dentro de la Tierra y que salían al exterior, en platillos volantes, por las bocas de los volcanes o por el fondo del mar.

Aquello era nuevo para mí.

Miré a mi alrededor y corrí hacia el baño: la tapa del váter estaba bajada; por si acaso, puse encima una planta con una maceta muy pesada, y lo mismo hice en el baño de mis padres. Luego coloqué el tapón en el fregadero, los lavabos y bañeras.

Si venían de lo más profundo, podrían aparecer por ahí. Una vez vi una película en la que unos caimanes enanos y ciegos salían de los váteres, y luego saltaban y se metían en la casa tranquilamente mientras sus dueños estaban durmiendo.

Me cogí la caja de galletas y una botella de zumo, me encerré en mi habitación y, para olvidarme de todo, me puse una película cómica en el ordenador, apagué las luces, me enrollé en el edredón y me senté en un rincón de la cama.

Así me sentía protegido. Estuve tranquilo hasta que me acordé del pozo que dijo Belén que había visto, y entonces me vino a la cabeza la imagen de la tierra negra y de la patata quemada que David no sabía dónde podía estar.

Sin poder evitarlo, imaginé que aquella especie de patata era un extraterrestre llegado del espacio en una nave pequeña; recordé el círculo negro, que no era de una barbacoa, y volví a escuchar dentro de mí aquel viento tan terrible que habíamos oído en la tienda durante un momento, como si fuese el sonido de una nave que estaba aterrizando.

—Ahora todo encaja —me dije asustado—. ¡O no! —me volví a decir.

Tenía más pistas de las que necesitaba. Aquel bicho en forma de patata podía haber llegado del interior del planeta. Lo que había leído en Internet estaba muy claro: hay seres que viven dentro y utilizan los volcanes o los huecos de la Tierra para salir al exterior. Y ese pozo sin fin podía ser la pista de despegue de un platillo volante.

Oí unos ruidos y sin pensarlo ni un momento tomé impulsó, salí de la habitación, corrí hacia la puerta de la calle y coloqué delante de ella unas sillas, cajas…

—¡Así no podrá entrar nadie!

Ya iba a ir a esconderme bajo el edredón de mi cama, cuando oí un ruido raro que llegaba de la escalera; rápidamente me volví, llegué hasta la puerta de entrada y empecé a quitar todo lo que había puesto en medio, mientras gritaba: «¡mamá!». No lo suelo hacer casi nunca. Sólo cuando estoy aterrado.

Como si fuese magia, oí, de pronto, la voz de mi madre:

—Hijo, ¿qué te pasa? ¿Estás bien? Álvaro, Álvaro…, ¿qué has hecho con la puerta, uff, que no abre?

Dibujando extraterrestres

Tenía que contárselo a alguien. Me daba un poco de apuro, pero los amigos están para eso: para ayudarte cuando lo necesitas y para escucharte sin decir ni pío. Lo que no estaba claro es que David mantuviera la boca cerrada y no se lo dijese a nadie.

Por el camino al colegio le hablé de lo que había leído en Internet sobre los extraterrestres.

—¡Qué tontería! ¡Si los extraterrestres no existen! —me comentó. Se notaba que era un buen amigo y quería ayudarme, pero sus palabras no me convencían.

—¿Y lo que pasó con tu Play?

—¿Qué le pasa a mi Play? —dijo, asustado, como si le acabase de recordar el mayor desastre mundial, y luego añadió—: Ah, sí, lo de la piedra de billar. ¡Qué mala suerte! Sin mis juegos ya nunca volveré a ser el mismo.

Ya estábamos cerca del colegio y entonces se nos juntó Roberto, que es casi tan bueno como David con los videojuegos. Nunca le había visto llegar a clase tan animado.

—¿Sabéis, chicos? —dijo—. He visto tres películas de marcianos sin levantarme del sofá. Bueno, sólo para buscar comida. Y lo mejor es que mis padres estaban encantados… —siguió sonriendo—. ¡Claro, como les dije que era para una cosa que nos había mandado la profe!

—¿Qué? —no entendíamos nada. ¿Qué era lo que nos habíamos perdido David y yo?

—¡Los extraterrestres! La profe de Naturales dijo que hoy hablaríamos sobre ellos. ¿No os acordáis? Por eso me vi tantas pelis. ¡Hay que estar preparado!

—¡Bah, eso lo dijo por decir! —comenté—. Seguro que se le ha olvidado.

No debía conocer bien a la profesora; en cuanto entró en clase y se sentó, sacó una revista, la puso encima de la mesa, y dijo:

—Para que veáis que lo que tratamos en esta asignatura es algo actual, os he traído este artículo de un dominical que vi ayer —lo abrió por la mitad y nos mostró una doble página—. ¿Veis?

Se veía un fondo oscuro y la foto de cuatro planetas redondos, todos con un aspecto muy parecido al de la Tierra. Luisa, que está en la primera fila, leyó en voz alta el título del reportaje:

—¿Hay alguien ahí? —y preguntó—: ¿Es sobre extraterrestres?

—Casi —dijo la profesora, satisfecha—. En este artículo se nos plantea si hay vida en otros lugares del Sistema Solar —y antes de que cada uno de nosotros empezara a dar su propia opinión, señaló—: Ya sabéis que el hombre llegó a la Luna en 1968. Allí no había nada, al menos, no había vida tal como la conocemos aquí, pero los científicos han seguido investigando, han mandado naves a explorar el espacio y han recogido datos que se nos cuentan en la revista.

—¿Hay extraterrestres? ¿Hay extraterrestres? —coreó la clase con interés.

—¿A que viven en Saturno? —decía uno.

—No, en Júpiter —decía otro.

—¡Qué tontería, seguro que están en Marte!...

—En Marte aterrizó hace unos meses una nave con un robot que analizó bien el planeta —nos explicó la profesora—. Parece ser que no hay vida, porque no queda agua, y ya sabéis que la vida y el agua van unidas. Pero en un tiempo remoto en Marte hubo agua. Se ven huellas de antiguos ríos…

—Claro —dijo David—. El planeta se secaba y tuvieron que montarse todos en las naves e ir a otro mundo. Hay un videojuego en el que unos…

No pudo seguir contando nada más, porque su idea tenía varios seguidores.

—Y vinieron a la Tierra, que era su mundo más cercano.

—¿Y dónde están? —preguntó Sara; yo enseguida me acordé de lo que había leído en Internet y sabía la solución: vivían en el interior de la Tierra. Pero no pude decir nada, porque Roberto se me adelantó:

—¡Están aquí! ¿Os imagináis?... Cuando llegaron sólo había dinosaurios y animales antiguos, los mataron a todos con sus pistolas láser y se quedaron a vivir.

—Entonces, ¿nosotros somos marcianos? Yo en una película vi…

Todos nos pusimos a hablar a la vez, así que no se entendía nada.

La profesora, al ver que la clase se alborotaba, dio un golpe en la mesa y mandó guardar silencio.

—Los científicos han enviado otras naves que han viajado más lejos: hasta Júpiter y Saturno.

—Allí no puede haber vida —le interrumpió Cris, que lo había estudiado a fondo—. En esos planetas no se puede pisar. Son sólo gases…

—Tienes razón, Cristina, pero te has olvidado de sus lunas. En Júpiter hay una luna, llamada Europa, que tiene un océano con más agua que la que hay en toda la Tierra.

—Pues estará lleno de peces —proclamó Javier.

Sara, que es tan lista como Cris, añadió:

—No puede ser. Si hay agua, debería estar congelada. Júpiter está lejísimos del Sol.

—Eso es lo asombroso. En ese satélite han descubierto algo parecido a unos volcanes que van calentando el agua…

La profesora siguió hablándonos de los demás planetas y satélites, y todos coincidimos en que podía haber vida en otros lugares, pero una vida animal y minúscula, como esos bichejos que hay en el agua o en la tierra. Aquel tipo de vida nos daba igual. Lo que nos interesaban eran los extraterrestres, los tipos inteligentes que pudiesen venir a la Tierra para conquistarla o para ser nuestros amigos.

La clase empezó a animarse y todos querían participar con sus ideas. Como no nos poníamos de acuerdo, la profesora dijo:

—Vamos a hacer una encuesta. A ver, los que crean que existen los extraterrestres que se pongan a ese lado de la clase —y señaló su izquierda—, y los demás, al otro.

La mayoría se colocó a su izquierda, y yo también, para sorpresa de mis amigos.

—Pero ¿tú no decías que no existen? —me dijo Belén en voz baja.

—Sí, pero… ¡así estoy con vosotros!

La profesora estaba asombrada. Nunca habíamos tenido tanto interés por nada de lo que nos explicaba.

—¿Cómo os imagináis que son los extraterrestres?

—¿Podrían ser como una patata? —pregunté.

En ese momento toda la clase se calló y me miró como si tratara de hacer un chiste, pero yo lo decía muy serio y la profesora lo notó.

—Pues… ¿por qué no? No tienen por qué parecerse a nosotros. En verdad no sabemos cómo son exactamente.

not subj !!

why after no sabemos

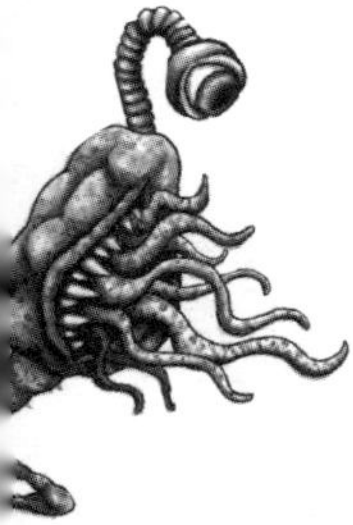

Todos comenzamos a dar nuestra particular visión:

—Tienen una antena en la cabeza.

—¡No! ¡Son como patos!

—¡Qué va! ¡En una película parecían lagartos que andaban con dos patas!

—¡Tienen un ojo!

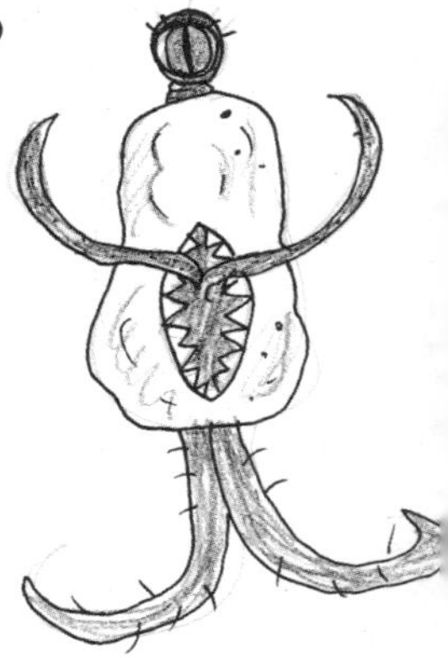

—¡No, tres ojos en la cara y otro en la cabeza!

—¡Son calvos y cabezones!...

La profesora dejó de escucharnos, se quedó pensativa, y añadió, animada:

—¡Ya está! Tengo una idea, que cada uno de vosotros tome un folio y dibujé ahora mismo cómo se imagina que es un extraterrestre. Luego me los entregáis y con ellos hacemos una exposición en el pasillo.

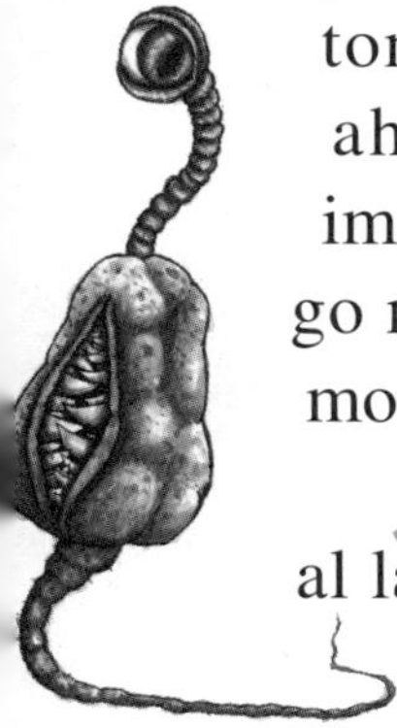

Nada más acabarlo, Roberto pasó al lado de mi mesa y se detuvo al ver mi dibujo.

—¿Vas a entregar eso?

—Claro. ¿Por qué no?

—¡Si es el señor Potato! —dijo en voz alta, y todos se acercaron a reírse de mi dibujo de un extraterrestre.

Sorpresas en el cesto de la ropa

La abuela seguía en el hospital y mis padres iban todas las tardes a verla mientras yo me quedaba en casa con mi hermana. Después de lo ocurrido el primer día, no querían dejarme solo. Pero el viernes mi hermana se fue de viaje, y mis padres decidieron que pasara a casa de la vecina (la que vive con seis gatos y tiene bigote). Nada más pensarlo me entraron ganas de vomitar. Me negué en rotundo.

—Pero si Ángeles es una señora encantadora —trataron de convencerme.

—No, no quiero —pataleé.

En esos momentos de discusión llamaron al teléfono. Era David. A mi madre se le ocu-

Patalear = stamp one's feet. protestar mucho

rrió entonces una gran idea: habló con el padre de mi amigo para que lo acercase a casa.

David no vino solo.

—¡Sorpresa! —me saludó. Belén estaba a su lado y traía una mochila que parecía muy pesada.

—¡Son libros de la biblioteca! —se justificó—. David me llamó al móvil y han venido a recogerme –dijo señalando al padre, que ya se despedía.

—¡Fenómeno! ¿Qué queréis hacer?

—¿Y si vemos una película? —sugirió Belén.

—Oh, sí —dijo David—, una peli divertida, pero antes, ¿por qué no preparamos una merendola entre todos?

menenda

—Vale, hacedlo vosotros mientras yo busco la película —Belén se acercó hacia la biblioteca y empezó a mirar los DVD, mientras nosotros nos fuimos a la cocina.

—¿Cómo querrá la leche Belén? ¿Caliente o fría?

—¡Qué más da! —contestó David.

—¡Voy a preguntárselo!

—No —y me tapó la salida—. Ya voy yo. Sigue preparando la merienda, tú que sabes dónde están las cosas.

—¡Ah, bien!

La película fue muy divertida.

Estábamos viendo ya una nueva (con un montón de palomitas) cuando llegaron mis padres.

—¿No te quieres quedar esta noche? —le dije a David, antes de que mi padre le acercase a su casa.

—No puedo. Tengo que ver unas cosas con mi hermano.

Me dio pena que se marcharan, pero no importaba porque al día siguiente no había colegio e iba a estar todo el tiempo jugando con ellos.

Mis padres tenían ganas de dormir. Yo, también.

—Buenas noches, hijo —dijo mi madre mientras me daba un beso en la frente—. Así me gusta, que estés tranquilo y sepas comportarte como un chico adulto.

—Es que... —sonreí— ya soy mayor, mamá.

—¡Claro que lo eres!

Sí, yo era un chico mayor que cuando entró en su cuarto sintió algo raro. Miré bien por todos lados y vi la ventana un poco abierta.

—¡Por eso hace frío aquí! —me dije sin darle más importancia. A veces, las ventanas no se cierran muy bien y un poco de viento las abre sin más.

Corrí a cerrarla, me volví para coger el pijama que tengo debajo de la almohada, y al final de la alfombra, muy cerca del cesto de la ropa sucia, vi unos calcetines negros que estaban hechos una bola.

—¿Cómo han llegado hasta ahí? —me dije, extrañado. Nunca suelo dejar la ropa sucia fuera del cesto. Eso es lo que menos soporta mi madre.

Me agaché para cogerlos y al tocarlos noté que había algo dentro. Les di la vuelta y del interior de un calcetín cayó una patata parecida a una bola de futbolín.

Si grande fue la sorpresa, el susto fue mayor; pero al verla sobre la alfombra tan pequeña, tan inmóvil, tan patata… me tranquilicé y la dejé debajo de la cama.

Abrí el cesto de la ropa para arrojar los calcetines y…

—¡Agggggggggh! —grité y salí corriendo hacia la habitación de mis padres.

Nos estaban invadiendo.

Todo un ejército de extraterrestres venía a atacarnos y mi cuarto era su refugio secreto.

Eso era lo que pasaba o lo que pensé de repente, pero era demasiado complicado para explicarlo en unos segundos; así que al ver a mis padres, que se habían levantado asustados, sólo pude decir:

—¡Las patatas! ¡Las patatas! —respiré un poco y expliqué—: ¡Mi cuarto está lleno de patatas!

—Pero, ¿qué tontería es ésa? —dijo mi madre, y al cabo de unos segundos volvió mi padre con el cesto de la ropa.

Allí había patatas de todos los tamaños, formas y colores. Incluso, vi algunas con bultos. Son ésas que se quedan viejas y les van saliendo raíces en la *cara*.

—¡Tíralas! ¡Tíralas por la ventana!

—Pero, hijo, ¿qué cosas dices? ¿Te pasa algo? ¿Estás bien?

Y acurrucándome junto a mi madre, grité:

—No me dormiré hasta que no bajéis eso al contenedor de basura de la calle.

—¿Ahora? —dijo mi padre, mirándome como si estuviese loco, y mi madre, que me vio muy alterado, le dijo que sí con la cabeza—. Pero, ¡si estoy en pijama!

—¡Bajas tú, Nicolás, o bajo yo!

Al final, mi padre bajó y luego se fue a dormir a mi cuarto, pues yo no quería salir de su dormitorio.

(perturbado)
disturbed
upset

—Está bien, sólo esta noche. Mañana me cuentas todo tranquilamente, porque yo creo, hijo, que aquí ocurre algo —dijo mi madre y se quedó pensativa, suspirando—. ¡Llenar de patatas el cesto de la ropa sucia! Pero ¿en qué cabeza cabe?

—No, no pasa nada mamá —no podía explicarle la realidad—. Todo va como siempre.

La respuesta le confundió aún más y añadió:

—Creo que estudias demasiado, hijo. Tendré que hablar con tus profesores.

Se aclara el misterio (no del todo)

Al día siguiente, cuando me desperté rodeado de luz, todo me parecía absurdo. No sabía lo que hacía en la cama de mis padres; recordé que desde que tenía cuatro años no había vuelto a dormir con ellos, y entonces sólo los asaltaba cuando había tormentas bien gordas por la noche.

Ahora eran las patatas las que me asustaban. Quise ver a David para explicarle lo que estaba pasando, pero mi amigo se había ido a la Sierra con su familia.

Lo único extraño que sucedió ese fin de semana fue que la ropa sucia, la que debía estar en el cesto, apareció en el suelo del fondo de mi armario. Estaba seguro de que yo no la había dejado allí, pero aquello no me preocupó demasiado: una camiseta sucia siempre será una camiseta sucia, pero una patata...

El lunes, la profesora de Naturales fue la única que estaba de buen humor, y mucho más contenta después de la exposición de Sara y su grupo de chicas. Hablaron sólo sobre las estrellas.

Nos copiaron la idea de Cris e hicieron un gigantesco mural con cartulina negra, que pegaron en el techo. En realidad lo colocó el bedel con una escalera muy alta y fue todo un número. Al entrar, la profesora se llevó una grata sorpresa.

Allí arriba, encima de nuestras cabezas y a la vista de todos, estaban pintadas las estrellas del cielo. Belén, que conocía bien el tema, preguntó:

—¿Es el cielo que se ve desde el Hemisferio Norte o desde el Hemisferio Sur? Es que las estrellas son diferentes.

—¡Hemisferio Norte! —dijeron las cuatro chicas del grupo, muy sonrientes, y comenzaron a aportar datos sobre un montón de estrellas.

—Muy bien. Habéis hecho un gran trabajo. Os merecéis más o menos un sobresaliente, porque…

—¡Espere, profesora! —le interrumpió Sara—, que aún no ha visto todo.

Ninguno lo habíamos visto.

Entonces sus amigas cerraron bien las ventanas de la clase, apagaron las luces y… en el techo de la clase aparecieron unas estrellas, dibujadas con rotuladores fluorescentes, que brillaban casi como las de verdad. Eran otras estrellas.

—¡Ohhhhhh! —dijeron los demás. Cris, Belén y yo nos quedamos callados porque comprendimos que nuestro excelente trabajo no era el mejor de todos.

—Éstas son las estrellas que ven los que viven en el Hemisferio Sur —explicó una compañera de Sara—. Yo tengo una tía en Argentina que nos ha ayudado un poco.

—Fenomenal —dijo la profesora, que nunca suele emplear esa palabra—. ¡Muy buena idea, chicas!

En esos momentos entró el director, y lo hizo tan decidido y tan a oscuras que tropezó con una mesa; luego encendió la luz y preguntó, airado:

—¿Qué pasa aquí?

Cuando la profesora le contó que estábamos haciendo un trabajo sobre el cielo y le mostró las estrellas del equipo de Sara, el director, pensativo y sonriente, repitió:

—Excelente, excelente, tenemos que presentarnos a un concurso nacional. ¡Seguro que ganamos! —y ya más bajito, mientras se iba, continuó—: ¡Al fin este colegio va a hacer algo que se note…!

Una vez que nos quedamos solos en clase, la profesora dijo:

—Creo, chicos, que estos días hemos aprendido a comprender un poco mejor cómo es el lugar donde vivimos y, también, a mirar las estrellas. Seguro que, a partir de ahora, contemplaremos el firmamento con otros ojos. Ya veréis, haced la prueba. Podéis iros algún fin de semana con vuestros padres al campo y observar atentamente el cielo. No es necesario llevarse un telescopio. A simple vista, una buena noche podremos contar hasta… —y siguió hablando, mientras los cuatro mirábamos tristemente por la ventana.

A la salida de clase andábamos un poco decepcionados: no habíamos hecho el mejor trabajo, pero nos gustó la idea que propuso la profesora. Así que Belén sugirió:

—¿Qué os parece si volvemos al mismo sitio de la otra vez? —y mirando a David, añadió—: ¿Por qué no le dices a tu hermano que nos lleve?

—No creo que quiera volver por allí —y en voz baja, añadió—: Aquel lugar no le trae buenos recuerdos.

—¡A mí tampoco! —dije—, yo no quiero ni acercarme.

—¡No seas bobo! ¿Por qué no?

—¡Porque no! —y me fui corriendo a casa.

Al cabo de tres horas me llamó Belén.

—Ya está arreglado.

—¿Qué? —no sabía de lo que me estaba hablando. Al parecer, lo habían planeado después de irme.

—Sí, mis padres no tienen ningún plan y nos llevan este fin de semana al lugar donde estuvimos la otra vez. ¿Te acuerdas de la explanada, el riachuelo, el bosque...? Es un sitio genial para mirar las estrellas y, además, hay luna llena.

Me acordaba demasiado bien.

—No —dije, rotundo—. Yo no voy de ninguna manera —y colgué.

Al cabo de unos minutos me llamó David para tratar de convencerme. Insistió tanto que al fin le confesé la verdad.

—No me gusta ese sitio: el viento, las luces, ese pozo sin fondo, las huellas, el círculo quemado, tu piedra… Ocurren cosas muy raras y… —dudé un poco y luego lo dije todo seguido—: *¡creoqueallíhayextraterrestres!*

—¿Qué? —David lo había entendido pero estaba sorprendido—. ¿No dices que los extraterrestres no existen?

—Pues existen: ¿quién te estropeó los juegos de la Play?

David se rió y dijo muy tranquilo:

—Nadie. Todo era una broma. Si me quedo sin ellos me da un patatús, y ya ves que no estuve demasiado preocupado. Sólo lo justo.

—Lo justo ¿para qué?

—Para asustarte —sonrió—. ¿A que soy un buen actor?

—Entonces, ¿no huyó de tu cuarto la patata quemada o la piedra o lo que fuese que cogiste en el campo?

—Si ocurre eso me cambio de casa.

Ya empezaba a aclararme un poco, pero había cosas que no entendía.

—¿Y lo del pozo sin fondo?

—Ese pozo no existe. ¿Lo viste tú? Se lo inventaron las chicas. Fue entonces cuando se nos ocurrió gastarte la broma. Estabas tan convencido de que no existían los extraterrestres que Belén nos dijo: «¿A que le convenzo de lo contrario?». Cris no se lo creía, pero también colaboró.

—O sea, ¿que estabais todos contra mí?

—Ha sido divertido, ¿verdad?

—¿Y el círculo quemado? ¿Y la piedra negra?

—Lo prepararon las chicas. ¿Recuerdas cuando fueron a buscar algo para desayunar?

—Sí, tardaron un montón.

—Por eso. Belén sí que tenía un encendedor, aunque no quisiera dejárnoslo por la noche. Así que quemaron unos palos y luego extendieron los restos y la ceniza, y ahumaron una piedra…

Ahora empezaba a encajar todo. O casi todo.

—¿Y aquello que sentí brillar cuando salí de la tienda y estaba…?

—¡Qué sé yo! Serían los ojos de un búho, como dijo Belén, o de cualquier otro animal. ¡En el campo, por la noche ya se sabe…!

Podía ser una explicación. Sin embargo, había algo que no podía entender por más vueltas que le daba.

—¿Y las patatas que encontré en el cesto de la ropa? —le pregunté—. No te he hablado de ello, pero ayer…

—Lo sé —dijo David—. ¿Te acuerdas de que Belén llegó con una mochila bien pesada?

—Oh, no sigas: allí no había libros sino patatas —dije, imaginándome la escena—. Así que cuando tú y yo estábamos en la cocina, ella se fue a mi cuarto a…

—¡Elemental, querido Watson! —dijo David, al que le gustan mucho las películas de Sherlock Holmes.

—¡Qué idiotas sois! —dije con alivio.

—Entonces, ¿qué? ¿Te vienes mañana con nosotros? Los padres de Belén tienen un todoterreno que parece un autobús.

Mirando las estrellas

Las excursiones que organizan los padres tienen una ventaja: funcionan. Lo comprobamos ese mismo sábado. Salimos pronto de casa, y el viaje fue muy animado. La madre de Belén nos preparó bollos, bocatas y bebidas, y llegamos a nuestro destino con tiempo para montar las tiendas tranquilamente y dar vueltas por los alrededores, echar carreras, coger moras…

—¿Seguro que no hay un pozo por aquí? —insistí.

—Claro que no —dijo Belén y, orgullosa de sí misma, añadió—: Así que te lo creíste todo, ¿eh?

—En realidad sabía que estabais tramando algo —mentí—. A una mente científica, como la mía, no se le engaña tan fácilmente –continué, tratando de disimular, pero mis amigos se rieron.

Al atardecer cenamos todos juntos, y como queríamos estar solos para contemplar el cielo, dijimos a los padres de Belén que queríamos subir un poco por la montaña de al lado para no tener árboles encima y ver mejor las estrellas.

—¡Está bien! —dijo su madre—, pero no os alejéis de la ladera. Quiero saber dónde estáis en todo momento. ¡Y que se os vea! Llevaos una linterna cada uno y coged el móvil.

Era una noche luminosa con la luna llena en una orilla del cielo y sin ni una sola nube. Nunca habíamos visto tantas estrellas juntas.

Al llegar a un pequeño alto, nos detuvimos. Aquél era un buen lugar. Allí sólo teníamos el cielo sobre nuestras cabezas.

Los chicos nos tiramos en la hierba mirando hacia arriba. Belén sacó un mapa de las estrellas que había comprado y empezó a examinarlo, alumbrada por la luz de la linterna de Cris.

De repente, allí estábamos nosotros, tan tranquilos bajo la inmensidad.

—¡Así que esto es el universo! —suspiró David.

—Sí, qué pequeños somos —le dije.

—Pequeñas las estrellas, ¡míralas!, me caben en la palma de la mano.

—Eso es lo que parece —le interrumpió Cris—, pero cualquiera de ellas es un millón de veces más grande que la Tierra.

Aquel dato inquietó a David.

—¿Seguro? Uff, qué golpe como se nos caigan encima. ¿Estarán bien sujetas?

—Ponte un casco, por si acaso —solté, como si fuese un chiste, mientras nos reíamos de sus ocurrencias.

Belén seguía callada, pendiente de su mapa del cielo, como si tratara de buscar algo.

—Aquí encima tenemos las constelaciones —anunció de pronto—. Hay ochenta y ocho, aunque no se ven todas.

—¿Qué es una constelación? —preguntó David, que se había hecho un lío con tantos nombres como había en el universo.

—Lo dije bien claro en clase, en nuestro trabajo, ¿o es que no te acuerdas? —y, ante su

cara de estatua, le explicó—: El cielo está lleno de estrellas.

—Eso ya lo veo ¿o te crees que estoy ciego?

—Para reconocerlas y acordarse de su lugar, los astrólogos antiguos las agruparon y les pusieron nombres según las figuras que veían en ellas: un escorpión, un carro, un león, un águila...

David miró al cielo atentamente. Los demás, también.

—Pues yo no veo nada. ¡Se han ido! No están esas figuras por ningún lado. Sólo un montón de estrellas.

—Observa más despacio —dijo Belén y, dirigiéndose a nosotros, insistió—: Observad. ¿Qué veis? Imaginaos que el cielo es una hoja llena de puntos que hay que ir uniendo con un boli para que aparezca una figura secreta.

—Ah, sí, yo veo una ventana.

—Yo, un pararrayos...

—Yo... ¡vaya! ¿Dónde estaba el sombrero que había visto? Uff, qué difícil.

Belén se rió. Conocía bien el cielo. Había estado en varios campamentos y sus padres solían llevarla al campo. Parecía una experta comparada con nosotros; al menos, con David y conmigo. Era la única que tenía —en casa de sus abuelos— un telescopio. Y se dispuso a enseñarnos a mirar las estrellas.

—Orientarse en el cielo no es más difícil que leer un mapa de carreteras.

—Díselo a mi padre —le aclaró David—. Yo, con la bici, no uso ningún mapa. Y esto —señaló el cielo— parece más complicado. ¿Dónde te apoyas? ¿Dónde anotas?

—No te apures. Lo que pasa es que hay que tener algún punto por donde empezar —se calló, giró la cabeza hacia todos los lados y señalando hacia un lado del cielo, dijo—: ¡Mirad, ésa es la Osa Mayor!

—¡Anda, la osa!

—Yo creo que no anda —dije, tratando de hacer un chiste; me sentía muy a gusto en mitad de la noche con mis amigos.

—Hmmm, no sé, no la veo… ¿Dónde?

—Allí —y señaló de nuevo—. ¿Veis esas cuatro estrellas brillantes que forman un rectángulo y debajo otras tres más, como si fuese una cometa de papel con una larga cola?

—¡Ah, pues sí!

—A mí me recuerda más a una raqueta de tenis con el mango torcido o… —David lo pensó mejor— a un cucharón de diseño moderno, pero de osa, nada. Ni siquiera un soso oso sososo… —y se rió.

—También se conoce como el carro —añadió Cris, que sabía algo de estrellas.

—Hmmm —miré de nuevo—. ¡Bueno!

—Pues si os fijáis bien en esas dos de arriba, que son las que más brillan, las unís y prolongáis cinco veces la distancia que hay entre ellas hacia la izquierda... ¿no veis una estrella amarilla muy luminosa?

No la veíamos. O eso creía, porque Cris gritó, entusiasta.

—Sí, miradla, ésa es. Pero no me parece muy amarilla.

—Ésa es la Estrella Polar.

—¿La que siempre indica el Norte y guía a los barcos por el mar durante la noche? —había oído hablar de ella, pero nunca la había buscado, y ahora la tenía delante de mis ojos.

—Mirad, la Estrella Polar esa parece que está al final del mango de... una cucharilla de azúcar.

—Esa cucharilla, como dices, es la Osa Menor —le informó Belén—, una constelación que también tiene siete estrellas.

Todos mirábamos atentamente el cielo, como si estuviésemos hipnotizados, sin parpadear siquiera.

—¿Cuál es la estrella más brillante? —pregunté. No tenía sentido estar toda una noche mirando al cielo y no fijarnos en la número uno, en la campeona.

—Ah, ésa es Sirio —dijo Belén—. Vamos a ver... —giró la cabeza, dejó a un lado la zona de la Osa Mayor, y al cabo de un rato, dijo—: ¡Mirad, ahí está Orión!

—¿Orión? —no sabía bien de lo que nos hablaba.

—Orión es una de las constelaciones más importantes del cielo —nos aclaró Belén.

—Ah, sí, ¡cuántas estrellas! —suspiró Cris.

—Tiene más de veinte. ¿No veis por ahí dos muy gordas?

Miramos. Hacia la mitad de la figura se veían dos puntos más brillantes.

—¿Cuál de ellas es Sirio?

—Ninguna —dijo Belén para nuestra sorpresa—. A Orión se le llama «el cazador» porque sus estrellas forman la figura de un cazador con una gran espada colgada a la cintura.

Los tres miramos al cielo sin comprender bien las palabras de Belén y luego nos miramos los unos a los otros con la misma cara de asombro. David añadió:

—El cazador no ha debido de llegar aún. Yo lo que veo, como mucho, es un toro con un rabo muy largo y doblado en forma de U.

—O un bisonte, como los de la cueva de Altamira —comenté.

—Cada uno ve lo que quiere —dijo Belén, mirándonos, y siguió—: Debajo de las patas del bisonte o del toro está la constelación Can Mayor, ¿no la veis? Parece uno de los perros del cazador.

—De perro, nada —dijo David—. A mí me recuerda a una araña espachurrada.

—¡Ah, mira cómo brilla! ¡Ésa debe ser Sirio! —apuntó Cris, orgullosa de haberla descubierto por sí misma—. ¿Verdad? Esa estrella tan luminosa es Sirio.

—¡Muy lista, Cris! —dijo Belén.

—Oye, que yo también la he visto. ¡Mírala, está allí! —dijo David, y al fijarse comenzó a pestañear, no estaba seguro de lo que tenía delante—. ¿Es azulada o blanca?

—Es tan brillante porque está cerca o... —dudé— porque es gigantesca, ¿os acordáis?

—Seguro que por las dos cosas —concluyó David, como si fuese el experto mundial.

—¡Azul y blanca! —suspiró Cris—. La Tierra también se ve así desde el espacio. ¿Recordáis la foto que pusimos en el mural de clase?... Pues si es azul y blanca, puede que en el Sistema Solar de Sirio también haya planetas parecidos al nuestro.

—¿Planetas habitados? —pregunto David.

—¡Hmmm podría ser! ¿Por qué no?

—Menos mal que, aunque estén cerca, siguen estando muy lejos —comenté, y nadie dijo nada más.

Los cuatro nos quedamos callados y con la mirada perdida, sin saber bien en lo que pensaban los demás. La noche estaba muy clara, pero empezaba a notarse un poco de viento.

En esos momentos de tranquilidad, de soledad y de silencio, allí en lo alto de la colina se oyó, de repente, un sonido chirriante y metálico que agujereó nuestros oídos y nos sobresaltó.

Todos giramos la cabeza hacia el cielo.

Todos menos David, que tenía los ojos fijos en un punto del suelo.

¿No estamos solos?

En medio de aquella noche llena de estrellas, David se abalanzó rápidamente hacia nuestras espaldas.

—Ah, mi móvil —lo cogió—. Se me había caído del bolsillo —y antes de empezar a hablar, se justificó—. Es que le he puesto la sintonía de un videojuego que tengo sobre una invasión de marcianos. Fue para ambientarme, como estábamos con el trabajo sobre el universo.

Entonces contestó.

Dijo tres veces «sí, sí, sí, vale, ahora mismo» y colgó. Luego le contó a Belén que era su madre la del teléfono, que le había llamado antes a ella, pero que su aparato debía de estar sin batería, pues no contestaba.

—¡Anda, es cierto!

Cuando llegamos al campamento, los padres de Belén nos dijeron que se iban a dormir a su tienda (la más pequeña), y que nosotros podíamos quedarnos mirando el cielo desde allí, pero sólo un rato porque al día siguiente había que levantarse con el Sol, como se hace en el campo.

—¡Nos levantaremos! —dije, muy seguro.

—¡Cómo cambia el paisaje con la luz! —dijo David, mirando la Luna, que estaba llena, tan distinta a la del día que habíamos ido al mismo lugar con su hermano.

—¡La Luna! —suspiró Belén—. Da mucha tranquilidad. Es bonita.

—¡Y muy romántica! —añadió Cris.

—¿Sabéis que cuando la Tierra era joven se chocó contra un planeta del tamaño de Marte y de ese golpe tan brutal se desprendió un gran trozo de piedra que se quedó atrapado por la gravedad terrestre? —dije.

—¿Quién te lo ha contado?

—Lo leí en un libro. Y lo más curioso es que ese trozo de roca redondo es la Luna.

El estar allí, en mitad del campo, en plena noche y bajo las estrellas, nos había despertado la curiosidad científica, y comenzamos a hablar sobre el universo y lo pequeños que nos sentíamos al ser como un grano de arroz en un espacio inmenso.

—¿Os acordáis de lo que nos contó la de Naturales el otro día? —preguntó Cris, y al ver que la mirábamos con atención, prosiguió—: Dijo que Titán, que es una luna de Saturno, tiene las mismas condiciones ambientales que tenía la Tierra hace cuatro mil millones de años. Eso quiere decir…

—… que dentro de cuatro mil millones de años allí podrían estar como estamos nosotros ahora —dedujo Belén.

—¿Con coches y videojuegos y bicis e Internet y…? —y antes de que dijéramos nada, David añadió—: Así que… ¡hay vida fuera de la Tierra!

—Seguro —dijo Belén.

—¿Y extraterrestres?

Nos quedamos callados. Nadie sabía qué contestar. En realidad no teníamos claro qué eran realmente los extraterrestres, pero tampoco nos importaba. Al menos, en esos momentos que sentíamos la grandeza del universo y la tranquilidad de estar en un lugar seguro, al lado de los padres de Belén.

Miré hacia los lados. No muy lejos estaban los arbustos y el riachuelo al que fui aquella primera noche en la que tenía las tripas revueltas. Entonces habíamos plantado la tienda bastante cerca de donde estábamos ahora, pero todo era muy distinto.

Me acordé de aquella acampada y del miedo que pasé, y les dije a mis amigos:

—¡Qué idiotas! ¿Por qué se os ocurrió gastarme la broma de los extraterrestres?

—La idea fue de Belén —dijo Cris, aunque yo ya lo sabía—. Bueno, Belén comenzó. Queríamos darte una lección. ¡Como te pusiste tan pesado con que no existían los extraterrestres!

—Pues lo hicisteis muy bien, porque me lo creí —pero luego rectifiqué—. Bueno, sólo algunas cosas: lo del pozo…

—Eso se lo inventó Cris —dijo Belén—. Teníamos que hacer algo para que te movieras.

—Claro, y así podría descubrir las trampas que me pusisteis: ese círculo quemado, la piedra negra, aquellas dos huellas tan grandes que parecían las patas de un robot.... Fue una buena idea. ¿Con qué las hicisteis para que os quedaran tan bien?

—¿Qué huellas?

—¿Qué patas?

—¿Qué robot?

Mis tres amigos me miraron como si yo les contase algo que no supieran. Yo sonreí, porque estaba seguro de que volvían a tomarme el pelo. Ellos me miraron, dudosos, y pensaron que era yo el que les estaba gastando una broma.

—¡Nosotros no hicimos ninguna huella en el suelo!

—¿No te acuerdas, David, que te dije que la había visto y que vinieras? Era —y señalé con la luz de la linterna— más o menos por allí.

—Ah, sí, pero creí que te lo estabas inventando —se calló, me miró y preguntó—: Porque te lo has inventado, ¿verdad?

No me podía creer sus palabras.

—Entonces, ¿vosotros no dejasteis aquellas huellas? —insistí algo alarmado.

—¿Nosotros?

Nos miramos los unos a los otros, como si nos viésemos por primera vez; luego miramos a nuestro alrededor, y los cuatro nos pusimos en pie al mismo tiempo y nos dirigimos a todo correr hacia la tienda de los padres de Belén, gritando:

—¡Sooocooorrooo!

Índice

JOSE MARÍA PLAZA

Es periodista y escritor. Ha publicado más de 40 libros; la mayoría, para niños o jóvenes. Entre ellos, *No es un crimen enamorarse*, la serie de pandillas e intriga *Los SinMiedo*, la fábula *El paranguaricutirimícuaro que no sabía quién era*, distinguido con el White Raven de la Biblioteca de Berlín y cuatro antologías históricas de la literatura española. Su mayor éxito ha sido *Mi primer Quijote*, traducido al chino, árabe, coreano y japonés.

¿Conoces a Judy Moody...?

Es independiente, divertida, ingeniosa, médica, diseñadora de tiritas locas, basuróloga, ecologista adivinadora...

¡Judy es increíble!

Compruébalo en sus libros:

- ☐ Judy Moody está de mal humor, de muy mal humor
- ☐ Judy Moody se vuelve famosa
- ☐ Judy Moody salva el planeta
- ☐ Judy Moody adivina el futuro
- ☐ ¡Judy Moody es doctora!
- ☐ Judy Moody la vuelta al mundo en ocho días y medio
- ☐ Judy Moody se declara independiente

COLECCIÓNALO

¿... Y al travieso de su hermano

Stink?

Stink, es divertido
e imaginativo y siempre
está compitiendo con su
hermana mayor, Judy,
a la que a menudo
saca de sus casillas.

¡Stink también es increíble!

¡Diviértete con sus aventuras!

- ❏ Stink, el Increíble Niño Menguante
- ❏ Stink y el Increíble Rompemandíbulas Supergaláctico
- ❏ Stink y las deportivas más superapestosas del mundo

COLECCIÓNALOS

ALFAGUARA INFANTIL Y JUVENIL

SERIE MORADA
DESDE 8 AÑOS

ALMA FLOR ADA / F. ISABEL CAMPOY
Una semilla de luz

MANUEL L. ALONSO
La noche de los monstruos

LAURENCE AMHOLT
Dos historias increíbles

JIM BENTON
Franny Kstein. Loca por la ciencia. El monstruo de la calabaza

ELSA BORNEMANN
Un elefante ocupa mucho espacio
El último mago

ANN CAMERON
El lugar más bonito del mundo

ÁNGELES CASO
El verano de Lucky

RICHMAL CROMPTON
Ocho aventuras de Guillermo el travieso

ROALD DAHL
Agu trot
La Jirafa, el Pelícano y el Mono
Los mimpins
¡Qué asco de bichos! Y el cocodrilo enorme
El Superzorro

PAULA DANZIGER
Ámbar en cuarto y sin su amigo
Ámbar quiere buenas notas
¿Seguiremos siendo amigos?

VALERIE DAYRE
Regreso a África

ALAN DURANT
Los despistes de Spider

ANNE FINE
Billy y el vestido rosa

CARLO FRABETTI
Y ÁNGELES PEINADOR
El bosque de los Grumos
El misterio de los Grumos

RICARDO GÓMEZ
Las hijas de Tuga
La selva de los números

ALFREDO GÓMEZ CERDÁ
Tras la pista del abuelo

OLE LUND KIRKEGAARD
Otto es un rinoceronte

ELVIRA LINDO
Amigos del alma
Bolinga

MARIO LODI
Cipi

ANA MARÍA MACHADO
De carta en carta

MEGAN MCDONALD
Judy Moody está de mal humor
Judy Moody se vuelve famosa

JUAN MUÑOZ
El corsario Macario en la isla de los dinosaurios

CHRISTINE NÖSTLINGER
Juan, Julia y Jericó
Piruleta
Rosaldine tiene ideas en la cabeza

RAFAEL ORDÓÑEZ
El tesoro del dragón

MAURICIO PAREDES
¡Ay, cuánto me quiero!

CARLOS PERAMO
La bicicleta es mía

LUIS M. PESCETTI
El pulpo está crudo

JOSÉ MARÍA PLAZA
El juego del universo

CARMEN POSADAS
Dorilda y Pancho

ANA ROSSETTI, P. PEDRERO Y M. SÁNCHEZ
Las aventuras de Viela Calamares
Viela, Enriqueto y su secreto

GABRIELA RUBIO
El monstruo del miedo

GINA RUCK-PAUQUET
Los niños más encantadores del mundo

GLORIA SÁNCHEZ GARCÍA
Diez piratas

R. L. STINE
¿Quién ha soltado a los fantasmas?

VARIOS
Letras para armar poemas

ALFAGUARA
INFANTIL

Creo que te has ido la olla (lost the plot) (46)

fútbol → futbolín
maleta → maletín
(104)

Lo dije todo seguido (114)

ESTE LIBRO SE TERMINÓ DE IMPRIMIR EN LOS TALLERES GRÁFICOS DE HUERTAS, S. A., FUENLABRADA (MADRID), EL MES DE FEBRERO DE 2011.

—le rectificó ella (57)

lo aprendí ya en la guardería (58)

pero ¿en qué cabeza cabe? (167)

¡Qué más da! (102)

bollos =buns b) dulce buns y bocatas (sarnies) (117)

me tapó la salida (103)

ahora empezaba a encajar todo (115)